터무니없는
위 인 전

터무니없는
위인전

야마구치 사토시 지음 · 홍영의 옮김

DAMEET

Thomas Alva Edison *Wolfgang Amadeus Mozart* 백남준 *Vincent van Gogh* 岡本太郎 *Ludwig van Beethoven* *Pablo Ruiz Picasso* *Pythagoras* *Albert Einstein* *Jean-Jacques Rousseau* *Leonardo da Vinci* *Socrates* *Immanuel Kant* *Michelangelo-Buonarroti* *Alfred Bernhard Nobel* *Salvador Dali* 천상병 *Diogenes* *Isaac Newton* *Charles Spencer Chaplin* *Karl Heinrich Marx* *Johann Wolfgang von Goethe* *Alfred Joseph Hitchcock* *Friedrich Wilhelm Nietzsche* *Gioacchino Antonio Rossini* *Sigmund Freud* *Charles Robert Darwin*

머 리 말

우리는 천재들의 위인전을 읽으며 자란다. 그 위인전 속의 천재들은 한결같이 상상을 뛰어넘는 노력 끝에 엄청난 발견을 하거나, 발명을 하곤 한다. 그리고 우리는 천재들의 그런 모습을 보며 '나도 나중에 그렇게 되어야지' 라고 마음을 다지게 된다.

그러나 대부분의 위인전은 천재들의 모습 중, 일부분만을 우리에게 보여주는 경우가 많다. 왜냐하면 천재들의 놀라운 업적은 널리 알려져 있지만, 그 훌륭한 업적과 함께 기발하고 엉뚱한 에피소드도 남겨져 있다는 사실을 아는 사람이 별로 없기 때문이다.

천재 수학자 아인슈타인이 발견한 〈상대성이론〉의 자세한 내용은 몰라도 그 이름은 들은 적이 있을 것이다. 그런데 아인슈타인이 초등학생일 때 '고지식한 게으름뱅이' 라고 매도당했으며, 세밀한 계산에 서툴러서 교수가 된 후에도 계산 실수가 많았다는 것을 사람들은 잘 모를 것이다.

또 〈운명〉을 작곡한 베토벤은 지독히 인색했다. 늘 너덜너덜 해진 낡은 옷을 입었기 때문에 그에게 붙여진 별명이 '더러운 곰' 이었으며 부랑자로 오해받아 체포된 일도 있었다.

거장 피카소는 애인이 몇 명씩이나 있었으며, 마르크스 같은 사람은 경제학자인데도 돈을 빌려달라고 친구에게 애원했다.

그뿐만이 아니다. 애니메이션 〈잇큐 스님〉의 모델이 된 잇큐 소준은 사람들이 알고 있는 사랑스러운 캐릭터와는 동떨어진 인물로 동료인 지장 스님 머리에다 오줌을 싸기도 했다.

이 책에서는 지금까지 별로 알려지지 않은 스물여덟 명 천재들의 '터무니없는' 에피소드를 중심으로 위인전을 꾸

며보았다. 연구소가 불에 탔을 때 에디슨은 어떻게 했을까? 재판에 회부된 소크라테스는 뭐라고 말을 했을까? 모차르트는 편지를 쓸 때 어떤 저속한 말을 자주 썼던 걸까……?

이 책은 평범한 우리가 이해하기 어려운 천재들의 숨겨진 모습을 잘 보여주고 있다. 그래서 이 책을 다 읽고 나면, 자신이 좋아하는 천재들을 지금보다 더 존경할 수밖에 없을 것이다. 업적을 더듬는 것만으로는 천재의 진정한 모습을 잘 볼 수 없기 때문이다.

때로는 인간적이며 때로는 독특한 천재들의 숨은 이야기를 읽다보면, 저 멀리 높은 곳에 있다고만 여겼던 천재들의 존재가 훨씬 더 친근하게 느껴지게 될 것이다. 보다 창의적인 아이디어가 필요한 시대에 발상의 전환이 얼마나 우리의 삶을 신선하게 변화시킬 수 있는지, 잘 살펴보기 바란다.

그러면 서론은 이 정도로 해 두고 천재들의 포복절도할 에피소드 안으로 빠져보길 바란다.

야마구치 사토시

차 례

터무니없는
위인전

Thomas
Alva
Edison

토마스 앨바 에디슨 ^(1847년 2월~1931년 10월)

미국 오하이오주 밀란에서 태어났다. 여러 곳에서 전산수로 일하다 자신의 연구소를 열었으며 전구와 축음기를 비롯하여 평생 동안 약 1,300가지 발명을 한 '발명왕'이다. 영화 촬영기인 키네토그래프kinetograph와 영화를 보는 기계 키네토스코프kinetoscope를 발명해 '영화의 아버지'라고도 불린다. 말년에는 인조 고무 연구에 전념했다.

Thomas Alva Edison

불타는 공장

에디슨은 초등학교를 불과 3개월 만에 퇴학당한 후 정규교육을 받지 못한 것으로 유명하다. 하지만 공부는 못해도 호기심만은 엄청나서 또래 아이들보다 곱절로 질문이 많은 아이였다. 그 질문이란 것은 '하늘은 왜 파란가?' '바람은 어디서 불어오는가?' 등, 제대로 대답해주기가 다소 곤란한 것들이었다. 그런 호기심 왕성한 에디슨이 여섯 살이 됐을 때 헛간에 불이 났다.

그날은 바람이 강하게 불어서 까딱하면 대참사가 일어날 뻔했는데, 원인을 찾아보자 어이없게도 에디슨 때문이라는 것이 밝혀졌다. 에디슨이 헛간 옆에서 모닥불을 피우고 있었던 것이다.

아버지는 무척 화를 냈지만 에디슨은 반성을 하긴커녕 이렇게 말했다.

"불이 어떻게 되는지 보고 싶었는걸요."

아버지는 벌로 에디슨의 엉덩이를 채찍으로 때렸지만 그 성격은 발명가로 성공한 후에도 달라지지 않았다.

1914년의 일이었다. 에디슨의 연구소에서 불이 났다. 다행히 희생자는 없었지만 화학약품이 많아 축음기 제조 공장은 전부 타버렸고 막대한 손실을 입었다.

그런데 그때 67세였던 에디슨은 우울해하는 기색도 없이 곧바로 재건 계획을 세웠다. 그리고 가족들을 불러 이렇게 말했다.

"이런 큰불이 나는 일은 좀처럼 없으니까 차분히 잘 봐 두는 게 좋아."

불이 어떻게 되는지 어릴 때부터 보고 싶었던 에디슨은 아마도 이때 제대로 볼 수 있었을 것이다.

이렇게 에디슨은 무엇이든 궁금한 것이 있으면 직접 만져 보고 눈으로 확인하길 원했다. 그래서 어린 시절 달걀을 품어 병아리를 부화시키려 했고 사람을 하늘로 띄우고 싶어 친구에게 가스가 생기는 약을 먹이기도 했다. 그리고 그 호기심은 나이가 들어도 사라지지 않았다. 아마도 그는 무한한 호기심과 모험심을 지녔기 때문에 천여 개가 넘는 발명품을 즐거운 마음으로 만들어 낼 수 있었던 것은 아닐까.

폭풍 속 텐트 생활

에디슨은 하이킹을 좋아해서 친구들과 자주 자전거 여행을 갔다. 가까이 지내며 여행을 함께 갔던 친구들이 자동차왕 헨리 포드, 타이어 산업의 헤비 파이어스턴, 자연학자 존 바로스 등 참으로 호화로운 멤버였다.

캠프 여행이라 텐트에서 지내는 것이 원칙이었지만 때로는 큰 비를 만나거나 폭풍이 불어와서 바깥에서 자기 어려운 경우가 생기기도 했다. 그럴 때 다른 멤버들은 호텔에서 지냈지만 에디슨만은 어떤 폭풍이 불어 닥쳐도 텐트 속에서 지냈다고 한다. 캠프의 묘미는 대자연을 체감하는 것에 있다고 주장하면서 말이다.

'도시에서 자란 양갓집 도련님이라 깨끗한 것을 좋아하는군.'

호텔에서 지내는 친구를 그렇게 조롱했다고 하는 에디슨은 비 맞은 몸을 씻지 못해도 불평 한 마디 없이 텐트 안에서 쿨쿨 달게 잤다고 한다.

빚 받으러 온 사람에게 화를 내다

에디슨의 연구소에는 빚을 받으러 오는 사람이 많았다. 수입이 생기면 곧바로 실험 경비로 쏟아 부어 형편이 넉넉

하지 못했고 그 덕분에 늘 빚을 져야 했기 때문이다. 그런데 빚 받으러 온 빚쟁이에게 에디슨은 이렇게 말했다.

"빠른 시일 안에 2배로 쳐서 갚을 테니 기다려 주게."

마치 도박꾼 같다. 이런 말을 듣고 빚쟁이가 그대로 물러갈 리 없다. 그러자 에디슨은 연이어 이렇게 말했다.

"나는 발명가야. 돈 따윈 머릿속에 없어. 만약 돈에 머리를 쓰게 되면 반년 안에 머리가 이상해지거나 죽어버릴 거야. 그래도 괜찮겠나?"

터무니없는 주장으로 되레 화를 내는 에디슨이었다. 그들을 쫓아버리고 나서는 다시 이렇게 말했다고 한다.

"돈에 대해서 너저분하게 말하는 것은 뇌가 모자라는 자본주의자의 허튼 짓이라구. 일일이 신경 쓸 것 없어."

에디슨은 청구서가 날아오면 우선 절반을 지불하고 나머지는 주머니 사정에 따르는 독특한 지불을 일방적으로 했기 때문에 재판소나 경찰서에서 찾아오는 경우도 종종 있었다고 한다.

졸고 있는 직원에게 전기 쇼크

"어차피 인간에게는 긴 잠이 기다리고 있어. 수면 시간을 줄이면 능력은 증대할 수밖에 없다."

이렇게 말하는 에디슨은 거의 매일 선잠밖에 자지 않았다. 피곤해지면 누워서 1, 2시간 낮잠을 자고는 다시 일어나서 계속 일을 했으니 정말 대단한 체력이다.

어느 날 에디슨은 자신이 낮잠을 자고 있으면 직원들도 똑같이 잔다는 사실을 알았다. 실험이 오래 지속되는 경우도 있었기 때문에 어쩔 수 없는 일이었지만 에디슨은 엄격했다.

"앞으로 연구소 안에서 자는 사람에게는 엄벌을 내리겠어."

엄벌이란 직원이 앉아서 졸면 몸 아래 기계를 설치하여 큰 음향과 더불어 불꽃을 작렬시키는 것이었다. 장치의 이름은 '사체 부활 머신'. 사체가 아니라 그저 졸고 있는 것뿐인데……. 이런 것까지 일일이 발명했다고 하니 참으로 발병왕답다.

일에 몰두하면 자기 이름도 모른다

연구소 일 외의 잡일은 하기 싫어했던 에디슨이지만 그날만큼은 부동산세를 지불하러 가야 했다. 미룰 수 있을 때까지 미룬 데다가 기한이 지나면 막대한 과태료가 붙기 때문이다.

길게 늘어선 줄 끝에 얌전하게 서 있던 에디슨은 갑자기 최근에 몰두하고 있는 전신기 생각에 빠지게 되었다. 그러다 드디어 에디슨이 세금을 낼 차례가 왔다. 그러나 이미 에디슨은 자신이 왜 여기에 있는지조차 잊은 상태였다. 마음은 벌써 연구소에 가 있었기 때문이었다.

담당자가 초조해 하면서 이름을 묻자 에디슨은 대답했다.

"모르겠습니다."

결국 그날 에디슨은 세금을 납부하지 못했다.

아 내 의 권 총 에 죽 을 뻔 한 에 디 슨

어느 날 연구에 몰두하다가 밤늦게 귀가한 에디슨은 자신이 집 열쇠를 가지고 있지 않다는 사실을 깨달았다. 그는 아내 메리가 잠에서 깨지 않도록 2층 침실까지 기어 올라가기로 했다.

그런데 아내 메리가 그 소리에 잠을 깨어 에디슨을 도둑으로 오인하고, 베개 밑에 둔 호신용 권총에 손을 뻗어 집어 들자마자……탕! 하고 쏘았고, 그 바람에 에디슨은 놀라 기겁을 하고 말았다.

불행 중 다행으로 탄환은 빗나갔지만 배포 좋은 에디슨도 그때는 간이 서늘해졌을 것이다.

볼프강 아마데우스 모차르트 ^(1756년 1월~1791년 12월)

오스트리아 잘츠부르크에서 태어났다. 아버지 레오폴트를 따라서 어렸을 때부터 유럽 각지에서 궁정음악가로 활약했다. 만년에는 빈에 머물며 관현악곡, 오페라, 실내악, 기악곡, 종교곡 등 폭넓은 장르에서 수많은 명곡을 남겼다. 대표작으로 〈돈 조반니〉〈피가로의 결혼〉〈마적〉〈레퀴엠〉 등이 있다.

Wolfgang Amadeus Mozart

어른들을 깜짝 놀라게 한 신동

이 책은 많은 천재들을 소개하고 있지만 그 중에 가장 뛰어난 천재는 아마 모차르트가 아닐까 싶다. 세 살 때 '절대음감'을 가졌다는 것을 인정받았으며 다섯 살 때 미뉴엣을, 또 여덟 살 때 교향곡을 작곡했으니 실로 경이적인 재능이라고 말할 수밖에 없다. 모차르트가 신동이라는 것을 알려주는 사건이 하나 있다.

어느 날 모차르트의 아버지 레오폴트는 친구인 벤츨, 샤하트네르와 함께 3중주를 여섯 곡 연주하게 되었다. 제1바이올린은 벤츨, 제2바이올린은 샤하트네르, 비올라는 아버지 레오폴트가 연주할 예정이었는데 당시 일곱 살이던 모차르트가 제2바이올린을 연주하고 싶어 했다.

모차르트가 바이올린은 전혀 배우지 않았기 때문에 아버지는 안 된다고 말했지만 모차르트는 한사코 듣지 않았고 결국 울음을 터뜨리고 말았다. 그 모습을 보고 아버지는 어쩔 수 없이 말했다.

"샤하트네르 씨와 함께 연주하는 거란다. 그러니 들리지 않을 만큼 낮은 소리로 켜야 해. 그렇지 않으면 팀에서 빼버릴 거다."

그런 우여곡절 끝에 모차르트는 제2바이올린을 연주하게 되었는데 연주가 시작되자 그 자리에 있던 사람들은 깜짝 놀라지 않을 수 없었다. 모차르트가 3중주 여섯 곡을 아주 정확하게 연주해 보였던 것이다. 너무 훌륭한 연주라 샤하트네르는 중간에 바이올린을 내려놓고 말았다.

그 후 우쭐해진 모차르트는 제1바이올린에도 도전했지만 그것은 무리였는지 성공하지 못했다. 모차르트는 실망했겠지만 주위에서 지켜보던 어른들은 오히려 마음을 놓았을지도 모른다.

끊임없이 애정을 확인하다

아버지 레오폴트는 모차르트가 신동이란 것을 널리 알리기 위해 모차르트가 여섯 살 되던 해부터 여행을 시작했다. 그 결과 모차르트는 여섯 살 때부터 스물다섯 살이 될 때까지 삶의 절반을 여행으로 보냈다. 이 여행이 모차르트의 음악 인생을 풍성하게 해주기도 했지만 정규 교육을 제대로 받지 못하게 만들었을 뿐만 아니라 서른다섯 해라는 짧은 삶을 사는 동안 인생의 3분의 1을 떠돌이처럼 지낸 셈이니 어찌 보면 참으로 딱한 일이 아닐 수 없다.

어린 모차르트는 가는 곳마다 많은 사람들로부터 칭찬 세례를 받았다. 그리고 많은 선물과 인사치레를 받았지만, 일종의 구경거리 취급을 당한 것도 사실이다. 그 때문인지 그는 음악가 샤하트네르에게 하루에도 몇 번씩 이렇게 물었다.

"나를 좋아해요? 정말로 좋아요?"

샤하트네르가 짓궂게 '싫어' 하고 말한 날에는 '좋아한다'고 고쳐 말할 때까지 그 자리를 떠나지 않았고 때로는 눈물마저 글썽거렸다고 한다. 어린 마음에 '모두가 연주를 칭찬해 주지만 정말로 나를 좋아해 주는 사람은 몇 사람이나 될까' 하는 불안이 있었던 것이다. 안타까운 이야기다.

모차르트의 애정에 대한 갈망은 어른이 되고도 변하지 않았고 애인에게 '나를 좋아해?' 하고 묻는 일이 많았다. 후에 가족의 반대를 무릅쓰고 자신을 사랑해주는 콘스탄체 Konstanze와 결혼한 것 역시 모차르트의 깊은 고독 때문이 아니었을까.

대변을 좋아했던 모차르트

아름답고 고귀한 느낌의 곡을 작곡한 모차르트이지만 그 이면에는 지저분한 말을 좋아하는 의외의 모습이 있었다.

한 예로 만하임Mannheim에서는 사촌 여동생에게 이런 편지를 보냈다.

"내가 개죽음했다고? 혹은 뒈졌다고? 아니 그런 일 없어! (중략) 왜냐고? 생각하는 것과 실제로 똥 누거나 하는 것은 다르니까!"

"우리들의 엉덩이는 평화의 상징일 거다! 내가 생각해 봤는데 넌 이제 내게 저항 못할 거야. 그래, 그렇고 말고…"

"나는 편지 대신에 응가를 받게 되겠지."

똥이니 응가니 하는 온갖 지저분한 말을 억지로 늘어놓고 있는 것 같은 느낌이 든다. 이런 우스갯소리는 어렸을 때라면 멋모르고 입에 담았을지 모르지만 이때 모차르트는 스물두 살로 사리분별이 가능한 나이였다.

또 모차르트는 종교음악인 카논을 작곡했는데 이 곡의 가사가 약간 이상하다. 라틴어 풍의 언어유희 가사인데 전체를 통틀어 들으면 독일어로 '엉덩이를 핥아라!' 라고 하는 것처럼 들린다.

아무리 생각해도 모차르트는 똥이나 엉덩이에 관련된 분

뇨담을 좋아했던 것 같다.

왜 멈추는 거야?

1789년, 베를린에 머물고 있던 모차르트는 보고 싶었던 오페라가 공연되고 있는 것을 알았다. 조용히 공연을 보고 싶었던 모차르트는 여행용 코트를 걸쳐 모습을 숨긴 다음 극장으로 향했다.

모차르트는 오케스트라 악단으로 이어지는 출입구 가까이에서 오페라를 듣고 있었다. 그런데 시간이 지날수록 그는 점점 연주에 빠져 들어갔고 어느새 객석 쪽으로 상체를 내밀게 되었다. 모차르트의 모습이 조금씩 보이자 주위 관객들이 주목하기 시작했다. 서 있는데다 실내에서 코트를 입고 있었으니 아마도 '도대체 저 사람은 누구야?'라는 생각이 들었을 것이다.

사건은 〈용기 있게 싸우자〉라는 곡을 불렀을 때 일어났다.

제2바이올린 소리가 약간 틀렸다. '레' 음이 레 샤프로 연주되었던 것이다. 절대 음감을 가지고 있는 모차르트는 자신도 모르게 외치고 말았다.

"형편없네. '레'로 연주해야지!"

아무리 잘못했다고 하지만 연주 중에 그런 소리를 외치는 것도 예의없는 짓이다. 오케스트라 멤버들은 그 소리를 듣고 우왕좌왕하기 시작했고 또 객석에서도 '모차르트가 와 있다'라는 말에 큰 소동이 일어났다. 그때 지휘자는 모차르트를 향해 머리를 숙였다고 한다.

무대가 갑자기 떠들썩해지자 가수 헨리에테 바라니우스는 놀란 나머지 부르던 노래를 멈춰버리고 말았다. 그러자 모차르트는 그녀에게 이런 말을 했다.

"이상하네, 왜 멈추는 거야? 훌륭한 노래였는데. 잘 부를 수 있어. 함께 연습 좀 해 보자."

중단시켜 놓고 '왜 멈추는 거야'라고 말하는 것은 앞뒤가 맞지 않는 일이다. 하지만 가수 입장에서는 대음악가에게 그 말을 듣고 나서 기분이 나쁘지는 않았을 것 같다.

백남준

백남준 (1932년 7월~2006년 1월)

서울에서 태어났다. 일본과 독일에서 유학하였고 국제적 전위예술 운동인 플럭서스Fluxus 의 일원으로 활동하며 유럽과 미국에서 전위적이고 실험적인 공연과 전시를 선보였다. 1963년 독일 부퍼달 파르니스 화랑에서 첫 개인전을 열어 비디오 예술의 창시자로 세계 미술계의 주목을 받았고, 1969년 미국에서 열린 샬롯데 무어맨과의 공연을 통해 비디오 아트를 예술 장르로 편입시킨 선구자라는 평을 들었으며 2006년 미국에서 타계했다.

백남준

스승의 넥타이를 자르다

1960년 백남준은 독일에서 쇼팽을 연주하게 되었다. 그런데 그날 백남준은 잘하던 연주를 갑자기 멈추고 울음을 터뜨리고 말았다.

도대체 무슨 일일까 사람들이 당황하고 있는 사이 그는 피아노를 부젓가락으로 마구 휘젓기 시작했다. 그러더니 눈을 부릅뜬 채 객석으로 뛰어 내려가 그의 스승 존 케이지의 셔츠와 넥타이를 잘라내고, 옆에 앉아 있던 피아니스트 데이비드 튜더의 머리에 샴푸를 퍼부었다. 이 상황을 지켜보던 작곡가 스톡하우젠이 자신도 봉변을 당할까 두려워 자리를 피하자 백남준은 그의 뒷모습에 대고 "너 따위는 필요 없어!"라고 소리친 후 공연장을 나가버렸다.

그리고 극장 근처 술집에서 맥주를 마시며 공연장으로 전화를 걸어 "저, 백남준입니다. 공연은 끝났습니다"라며 일방적으로 통보를 했다.

사실 백남준은 관중의 참여와 소통이 없는 공연은 문화의 독재라 여기고 공연 중에 관객을 적극적으로 끌어들인 것이었다. 머리에 샴푸를 붓는 것으로 일종의 씻김굿 의식을 치르고, 권위의 상징인 넥타이를 자르는 것으로 억압에서 벗어난 자유를 표현하려 했던 것이다.

어쨌든 이 악명 높은 사건은 해프닝 공연 사상 가장 전설적인 일화로 남아 있으며 '예술계의 이단아' 백남준의 명성을 다시 한 번 전 세계에 알리는 계기가 되었다.

욕먹기 위한 무대를 꾸미다

백남준은 국내보다 해외에서 먼저 인정을 받은 아티스트다. 그의 괴이하다 싶을 정도로 독특한 예술세계는 국내에서 대접받기 어려웠던 것이다.

1992년 국립현대미술관의 이경성 관장은 이러한 현실을 안타까워하며 백남준의 회고전을 열었다.

마침 그해를 당시 문화공보부(현 문화체육관광부)가 '춤의 해'로 선정했기에 그에 맞춰 현대무용가 김현자와 함께 공연을 하게 되었다.

한국에서는 처음 열리는 백남준의 공연이라 관객들의 기대는 무척 컸다. 하지만 기다림 끝에 시작된 백남준의 공연은 그의 명성대로 황당하기 짝이 없었다.

백남준은 김현자가 춤을 출 동안 자신의 입, 눈, 혀, 손가락 끝, 머리카락 등을 클로즈업해서 스크린에 비춰낼 뿐이었다. 그 영상마저 끝나고 관객들이 어리둥절해 하고 있을 때 백남준은 음료수 깡통을 들고 무대로 걸어 나왔다.

관객을 전혀 의식하지 않는 천연덕스러운 모습에 관객들은 잔뜩 긴장을 하고 있었다. 그때 앞자리에 앉아있던 국악인 황병기 교수가 무대를 향해 공연이 다 끝난 것인지 물었다. 조금 더 남았다고 대답한 백남준은 무대 한가운데 놓인 피아노로 다가가 구두를 벗고 앉더니 오른손 손가락 하나로 건반을 이것저것 누르다가 슬며시 일어나 허공을 가리켰다.

대체 이게 무슨 해괴한 짓인지 관객들은 오락가락 했고 같이 공연한 김현자 역시 사전에 협의가 되지 않았는지 어색하게 움직였다. 그마저도 끝나자 백남준은 벗었던 신발을 집어 들고 김현자와 함께 무대 뒤로 사라졌다. 이것이 사람들이 기대한 세계적인 아티스트의 공연이었다.

몇몇 사람들은 백남준의 공연이 미래지향적이라며 극찬했지만 대부분의 관객은 허탈한 마음으로 자리에서 일어났다. '세계적인 아티스트의 공연을 기대했지만 백남준이란 이름이 없었다면 그야말로 미친 짓이다' 라는 것이 공통된 생각이었다.

그런데 이런 사람들의 생각이 바로 백남준이 의도한 것이었다. 그는 처음부터 "이게 웬 뚱딴지같은 해프닝인가 하는 욕을 먹을 만큼 색다른 무대를 꾸밀 계획입니다"라고 공연 전에 밝혔던 것이다.

사실 백남준은 김현자의 춤과 완벽하게 어우러진 공연을 내놓을 계획이 애초부터 없었다. 신체로 예술을 표현하는 춤과 기계로 예술을 표현하는 비디오 아트를 통해 이질적인 표현수단이 함께 뿜어내는 예술의 본질을 찾아보려 했던 것이었다. 또한 그가 선보인 생뚱맞은 피아노 연주는 행위음악을 표현하는 백남준만의 방식이었다.

말 한마디로 청중을 사로잡다

해괴한 공연으로 비판을 받은 백남준은 또 다른 공연에서 그와 비슷한 퍼포먼스를 보여주었다. 한 손에 비디오카메라를 들고 피아노 내부와 자기의 눈, 코, 입 따위를 찍어 대형 화면으로 보여주는 퍼포먼스였다.

객석을 가득 메운 관객들은 몹시 지루하지만 백남준의

명성 때문에 간신히 참는다는 표정이었다. 그러다 지루함을 이기지 못한 몇몇 사람이 플래쉬를 터뜨리며 사진을 찍기 시작했다.

순간 백남준의 입에서 불호령이 떨어졌다.

"어떤 XX놈이 사진 찍어? 어떤 놈이야? 나와!"

객석은 물을 끼얹은 듯 조용해졌다. 말 한 마디로 청중을 사로잡은 완벽한 퍼포먼스였다.

동문서답에도 이유가 있다

1998년 일본에서 열린 교토상 수상식장에서의 일이다. 교토상이란 각 분야에서 탁월한 업적을 세운 인물에게 주는 상으로 현대예술과 비디오의 접목에 대한 백남준의 기여도를 높이 사 교토상을 수여하게 되었다.

기자들은 한국인 중 처음으로 교토상을 받은 그에게 질문을 던지기 시작했다. 그런데 백남준은 처음부터 기자들을 당황하게 만들었다.

"인간과 예술과의 관계, 그리고 그것이 인간에게 어떤 역할을 하는지 알려주십시오"라는 질문에 "내가 한 일로 다른 수상자들 옆에 앉아 기자회견을 한다는 것이 영광스럽습니다. 학창시절 나는 수학을 제일 싫어했고 점수를 못 따서 미안했는데 수학으로 인류에게 공헌한 분과 함께 교토상을 타서 용서받은 느낌입니다"라고 대답한 것이다.

이 대답은 도통 질문과의 연관성을 찾을 수 없는 말이었다. 백남준은 질문의 내용과 상관없이 자기 마음대로 수상 소감부터 말한 것이다.

너무나 자연스럽게 나온 동문서답에 기자들은 첫 번째 질문에 대한 답을 포기하고 백남준과 같이 교토상을 수상한 수학자에게 질문을 던졌다. 그런데 기자들은 이번에도 당황할 수밖에 없었다. 백남준이 여전히 마이크에 대고 말을 하고 있었던 것이다.

"표현주의는 인간의 자유를 뜻합니다. 예술은 인간의 배설적 행위이기 때문에 사회의 안전벨트 같은 역할을 한다고 볼 수 있습니다."

바로 첫 번째 질문에 대한 대답을 한 것이다.

옛말에 '모로 가도 서울만 가면 된다'고 했듯이 백남준은 누가 뭐라고 하던 자신이 생각한 순서대로 답을 했던 것이다.

미국 대통령 앞에서 바지를 내리다

1998년 6월 9일 저녁 백악관에 모인 사람들에게 경악할 만한 일이 벌어졌다.

그날 빌 클린턴 미국 대통령은 방미 중이던 김대중 대통령 내외를 위해 백악관 국빈 만찬을 열었다. 이 자리에는 200여 명의 손님이 초대되었고, 그중에는 거동이 불편해 휠체어 신세를 진 백남준도 있었다.

　처음에 백남준은 그저 많은 손님 중에 한 사람일 뿐이었다. 그러나 클린턴 대통령과 악수하기 위해 휠체어에서 일어나는 순간, 그는 그 자리의 주인공이 되었다. 앞으로 나아가기 위해 움직인 그의 몸에서 바지가 흘러 내려가 속옷조차 입지 않은 아랫도리가 밖으로 드러난 것이다.

　1998년은 미국 대통령의 섹스 스캔들이 떠들썩한 해여서 백남준이 일으킨 소동은 백악관의 권위를 조롱한 것이 아니냐며 세계적인 화제가 되었다. 하지만 백남준 본인은 그 일에 대해 아무 말도 하지 않았고 2006년 백남준의 조카 겐이 "삼촌이 고의로 한 일이다"라며 당시의 상황을 이야기해주었다.

　그런데 겐의 그 말도 믿을 수 없다. 일 년 뒤인 2007년에 "간호사가 평소 목욕을 시키기 쉽게 속옷을 입히지 않았다. 당시 멜빵을 착용하는 것을 잊어버려서 생긴 일이다"라며 말을 번복했기 때문이다.

　결국 이 황당한 사건의 고의여부는 사후 백남준에게 직접

물을 수밖에 없게 되었다.

웃고 떠드는 영결식

'문화 테러리스트' '성공적인 예술적 반란자'로 불리며 비디오 아트를 창시한 백남준은 그의 이름에 맞게 장례식마저 남달랐다.

뉴욕에서 진행된 백남준의 영결식에서 조문객들은 서로의 넥타이를 잘랐다. 먼저 가위를 든 사람은 행위예술가 오노 요코였다. 오노 요코가 백남준의 조카 겐 하쿠다의 넥타이를 자르자 400여 명의 조문객들도 미리 준비된 가위로 넥타이를 잘라 유해 위에 공손히 올렸다.

그리고 그 자리에 모인 사람들은 고인과의 추억에 대해 얘기하기 시작했다. 어떤 사람은 " '당신이 최고의 비디오 아티스트다'라는 백남준의 칭찬에 기분이 좋았는데 알고 보니 만나는 모든 사람에게 한 말이었다"는 말을 해서 그 자리에 모인 사람들을 미소 짓게 만들었다. 그리고 다른 사람은 백남준이 도저히 알아들을 수 없는 영어를 하고 다녔다고 말해 장내를 웃음바다로 만들기도 했다.

보통 사람이라면 슬프고 조용하게 영결식을 치렀겠지만 평생을 해학적인 퍼포먼스를 펼쳐 보인 아티스트의 마지막

길은 그렇지 않았다. 그의 예술세계를 사랑했던 친구들이 고인이 생전에 행했던 퍼포먼스를 재현하고 웃음을 나누며 마지막 가는 길을 즐겁게 배웅해주었던 것이다.

Vincent van Gogh

▍빈센트 반 고흐 (1853년 3월~1890년 7월)

네덜란드에서 태어났다. 화상에서 일하다 그만둔 후 목사가 되려고 했지만 이루지 못하고 화가로 활동을 시작한다. 스스로 목숨을 끊는 1890년까지 그림 제작에 몰두, 활동기간 10년 동안 데생을 포함한 총 작품 수는 2000점 이상 되지만 생전에 팔린 그림은 단 1점뿐이었다고 한다. 대표작으로는 〈해바라기〉 〈성월야星月夜〉 〈까마귀가 있는 보리밭〉 등이 있다.

Vincent van Gogh

너 무 나 필 사 적 이 었 던 연 애

고흐는 숙부의 소개로 열여섯 살 때부터 화상畵商에서 점원으로 일했다. 거기서 사진 복제 부문의 책임자로 근무하며 성과가 좋을 때는 하루 100매의 판매를 올리기도 했다. 열심히 일한 고흐는 능력을 인정받아 출세의 길을 걷게 되고 영국으로 전근도 가게 되었다.

런던에서 고흐는 사랑에 빠졌다. 상대는 하숙집 여주인의 딸 우제니 로와이에라는 처녀였다. 육체적, 정신적으로 성숙이 늦었던 고흐는 고백은 물론이고 함께 산책 나가자는 말조차 하지 못했다. 하지만 고흐는 연애 관련 책으로 공부하면서 노력했고 9개월 동안 우제니와 즐거운 시간을 보낼 수 있었다. 그리고 그녀 역시 자신을 좋아하고 있다고 믿게 되었다.

여기까지는 괜찮았다. 그런데 고흐가 느닷없이 청혼을 하는 바람에 둘의 관계는 어색해져 버리고 말았다.

"이제 슬슬 결혼할 시기가 아닐까."

우제니는 고흐의 고백을 듣자마자 '약혼자가 있다'고 거절했다. 하지만 고흐는 자신이 열심히 사랑하면 우제니도 마음을 돌려줄 거라 믿고 구애를 계속했다. 그러나 모두 거절당했고 마음이 상한 고흐는 화상畵商 일을 열심히 하고자 하는 의욕마저 잃어버리고 말았다.

첫사랑에 실패하고 7년이란 세월이 흘러 고흐는 28세가 되었다. 그러나 연애 면에서는 별로 성장하지 못했던 것 같다. 아이 딸린 연상의 미망인 케 포스를 사랑하게 되어 고백하지만

"절대로 안 됩니다."

라고 딱 잘라 거절당했다. 그러나 고흐는 '케의 속마음은 그렇지 않다'며 엉뚱한 해석을 해버렸다. 그리고 그녀의 가족을 만나러 케의 집으로 향했다. 당사자에게 완전히 거절당했음에도 불구하고 양친에게 인사하는 것이 중요하다고 생각하면서 말이다.

좀처럼 케를 만나게 해주지 않는 양친 앞에서 고흐는 놀라운 행동을 취한다. 식탁의 양초에 손을 갖다대고 손바닥을 지글지글 태우기 시작한 것이다.

"내가 참고 견디는 시간만이라도 좋으니 케를 만나게 해 주십시오."

하지만 고흐는 손바닥을 태워가며 보여 준 열의도 허무하게 케를 만나지 못한 채 쫓겨나고 만다. 그는 슬픈 나머지 창녀를 사는데 그만 그 여자에게 정이 들어 버렸다. 그리고 그때부터 고흐는 아이가 딸린 알코올 중독 매춘부와 동거생활을 하게 되었다.

전도가 필사적이면 두렵다

고흐는 화상畵商을 그만둔 후 몇몇 직업을 전전하다가 전도사가 될 것을 결심한다. 할아버지와 아버지가 목사였다는 영향도 있었고, 고흐 자신도 성서에 열중하고 있었기 때문이다. 그래서 전도사 양성학교에 들어갔는데 빨리 현장에 파견되고 싶다는 생각만 앞서 수업 태도가 몹시 불량했다.

고흐는 수업 중에 책상을 사용하지 않고 불안정하게 의자에 걸터앉아 무릎 위에 노트를 올려놓은 채였으니, 겉으로 보기만 해도 열심히 하고자 하는 적극적인 마음을 느낄 수 없었다. 또 교사가 '이것이 여격인가 대격인가(여격, 대격은 문법용어로서 여격은 간접목적, 대격은 직접목적을 만든다)?'라는 질문을 해도 '글쎄요, 어느 쪽이나 상관없습니다'라고 대답하는 꼴이었다.

3개월간의 양성기간이 끝나자 고흐는 '소질이 없다'는 판정을 받았는데 목사의 아들이라는 것도 있고 해서 최후의 찬스가 주어졌다. 바로 탄광지에 무급 조수로 파견되는 것이었다.

거기서는 가난한 광부들이 믿을 수 없을 만큼 불결한 환경 속에서 일하고 있었다. 그런데 고흐는 거기서 보통이 넘는 열의를 보였다. 그는 예전부터 이와 같은 비참한 환경 속에서 일하는 것을 꿈꾸고 있었기 때문에 소망을 이룬 셈이었던 것이다.

고흐는 이 탄광에서 대활약을 한다. 자기도 변변치 못한 차림인데도 불구하고 광부들에게 옷을 벗어 주고 또 자신의 적은 식사도 아낌없이 나누어주었다. 시간이 조금 흐르자 고흐는 광부들에게 모든 것을 준 나머지 빈털터리가 되고 말았는데 그래도 그는 봉사를 멈추지 않았다. 밥도 굶은 채 광부들의 오두막을 돌며 살폈고 병자가 있으면 자신의 침대 시트를 찢어서 붕대로 감아 주었던 것이다.

이런 고흐의 헌신적인 태도는 광부들의 마음을 사로잡았다. 하지만 그것도 오래 지속되지 못했다. 너무 이상할 정도로 베푸는 것을 보고 모두 고흐를 기분 나쁘게 생각하게 된 것이다. 엎친 데 덮친 격으로 광인 취급도 받게 되었고 아이들에게도 놀림감이 되었다.

고흐는 사람들을 도와주고 싶었을 뿐이었는데 그의 사랑을 받는 사람들은 그를 부담스러워 하며 멀리했으니 안타까운 일이 아닐 수 없다. 또한 고흐는 재산을 모두 나누어 준 것이 기독교의 가르침을 지나치게 문자 그대로 해석했다는 평가를 받고 전도사 활동도 그만두어야 할 지경에 이르렀다.

고흐는 자신이 아끼며 도와준 사람들에게 외면 받고 선교도 할 수 없게 되자 깊은 상처를 입은 나머지 세상과의 접촉을 끊고 말았다. 그리고 진지하게 그림을 그리기 시작했다.

크리스마스 선물

고흐의 이상한 행동에 대해서는 여러 의학 논문이 나와 있고 실제로 고흐는 정신과 검사를 받기도 했다.

고흐의 이상 행동이 크게 늘어난 것은 서른다섯 살 때부터였다. 그때 고흐는 화가 고갱과 함께 라마리틴 광장에 아틀리에 겸 주거지로 '노란 집'을 빌려 살고 있었다. 그곳에서 고흐는 고갱에게 나이프를 들이대며 갑자기 덮치기도 하고 그림물감을 먹기도 했으며, 또 의사를 죽이려 하는 등 영화에서나 나올 법한 행동들을 했다.

그러던 어느 날 밤, 고흐는 고갱과 둘이서 카페에 갔다. 거기서 고흐는 약한 압생트 술 한 잔을 주문했다. 그리고 시킨 술이 나오자 갑자기 술잔을 고갱의 머리에 던져 버렸다. 그렇다면 고흐는 왜 그런 행동을 했을까?

고흐는 고갱과 2개월 정도를 같이 살았다. 둘은 그림을 함께 그리며 어느 정도 서로에게 영향을 끼치기도 했지만 성격이 워낙 맞지 않아 의견 대립도 잦았다. 그리고 고갱이 고흐의 그림을 혹평하거나 무시하는 일도 있어 고흐의 불만은 극에 달했다.

고갱의 머리에 술잔을 던진 이튿날 밤, 고갱은 고흐가 면도칼을 가지고 거리를 달려가는 것을 보았다. 고흐는 그날 놀랍게도 자신의 귀를 잘라서 봉투에 넣고 그것을 거리의 매춘부에게 주었다.

"이것을 소중히 맡아 줘."

12월 24일 밤의 일이었다.

고흐가 이상행동을 보인 것이 꼭 고갱 때문만은 아니었을 것이다. 하지만 고흐는 자신이 좋아하는 친구의 혹평을 견디기 어려워 했고 그것이 스트레스로 작용했던 것만은 확실하다.

고갱은 고흐 생전에 그의 작품에 대해서 좋은 평가를 내린

적이 드물었으나 고흐의 해바라기 그림만큼은 마음에서 우러나오는 찬사를 보냈으며, 고흐가 죽고 난 후 타이티 화초를 소재로 한 그림으로 친구에 대한 경의를 표했다고 한다.

천재를 뒤받쳐온 동생 테오

고흐의 인생에 없어서는 안 될 존재가 동생 테오였다. 형제는 때로는 함께 지냈고 헤어져 있을 때면 편지 왕래를 했으며, 테오는 괴짜 같은 형을 늘 존경하고 또 격려했다.

테오는 형 고흐에게 정신적인 지원을 했을 뿐만 아니라 경제적인 도움도 주었다. 테오의 도움이 없었다면 고흐의 명화가 탄생하는 일은 없었을 것이다. 고흐가 창녀 신과 지내고 있을 때는 고흐와 신뿐만 아니라 신의 아이까지도 테오의 원조에 의존했다.

이 정도로 도움을 받고 있으면서도 고흐는 테오에게 이런 말을 했다.

"화가의 생활이야말로 '남자 중의 남자'가 할 일이다."

그리고 테오에게도 화가가 될 것을 권했으니 고흐는 현실 파악을 하지 못했던 것 같다. 아니면 평생 동생의 도움을 받은 것이 미안한 나머지 이 같은 말을 했는지도…….

고흐는 생전에 그림으로 인정받지 못했을 뿐만 아니라 가족에게서조차 환영받는 사람이 아니었다. 사랑했던 여인에게서는 외면받았고 정을 나누고 싶었던 사람들도 그를 멀리했다. 그런 고흐를 유일하게 진심으로 보듬어주고 화가로 인정해 준 사람이 동생 테오였다.

고흐는 테오를 평생의 벗으로 생각하며 의지했으며 자신의 생활을 책임져주는 동생에게 항상 미안한 마음을 가지고 살았다.

1890년, 정신질환이 심해진 고흐는 자신의 배를 권총으로 쏴 서른일곱 살의 생을 마쳤다. 그리고 동생 테오는 그로부터 반년이 채 못 되어 정신에 이상이 생겨 형의 뒤를 따랐다.

오베르의 보리밭에는 고흐의 묘와 나란히 동생 테오의 묘가 있다. 형제 사랑이 유달리 두터웠던 두 사람이 영원히 함께 잠들어 있는 것이다.

岡本太郎

오카모토 타로오 (1911년 2월~1996년 1월)

일본에서 태어났다. 도쿄 미술학교를 중퇴한 후, 파리로 유학. 수많은 예술 활동에 참가하였고 또 파리대학에서 철학, 사회학, 민속학을 공부했다. 1970년 오사카 만국 박람회 테마관을 프로듀스 했고 그가 세운 건축물 '태양의 탑'은 세계적인 화제가 되었다. 타로오는 문학 활동을 열심히 하였으며 만년에는 텔레비전 등의 미디어에도 적극적으로 나왔다.

岡本太郎

태양의 탑을 완성한 이유

오카모토 타로오는 1970년 만국박람회에 '태양의 탑'을 세운 것으로 유명하다. 오사카에서 열린 만국박람회의 테마 프로듀서를 맡은 타로오는 중앙 출입구에 강렬한 인상을 주는 엄청나게 큰 탑을 세워 세계 매스컴의 주목을 받았다.

그 '태양의 탑'에 대해서 한 저널리스트가 타로오와 인터뷰 했을 때의 일이다. 작품의 컨셉 등을 들은 다음에 저널리스트가 질문을 했다.

"어떻게 태양의 탑 같은 작품이 나오게 된 겁니까?"

타로오는 '음'하고 곰곰이 생각에 잠겼다. 그리고 잠시 후 입을 열었다.

"그건…… 당사자에게 물어 보지 않고서는 모르겠는걸."

타로오의 뜻은 '태양의 탑에게 직접 물어 보라'는 것 같다. 후에 그 저널리스트는 만국박람회에 작품을 낸 여러 사

람을 인터뷰했지만 오카모토 타로오 만큼 독특하고 기세등
등한 사람은 없었다고 말했다.

과거의 작품에는 무관심했다

예술가는 심혈을 쏟아 만든 자신의 작품을 자식처럼 소중
하게 생각할 것이다. 그런데 타로오는 자신의 작품에 무척
무관심했다.

1970년 4월 26일, 적군파(좌익 군사 조직)를 자처하는 청년
이 태양의 탑의 눈 부분에서 7일 동안이나 농성하는 사건이
일어났다. 그는 '만국박람회 폐지'를 외치며 내려오라는 기
동대의 설득에 '다가오면 뛰어 내린다'고 계속 말했다. 사람
들은 그를 '만국박람회 메다마 오토코(눈알의 사나이)'라고
불렀다.

그러던 어느 날 오카모토 타로오가 광장에 나타났다. 신
문 기자들은 타로오에게 우르르 몰려가 심정을 물었다.

타로오는 이렇게 대답했다고 한다.

"좋지 않은가. 좋은 경치지."

자신의 건축물에 사람이 대롱대롱 매달려 있는데도 정말
무관심한 태도다.

이뿐만이 아니다. 도쿄 도청을 개축하기 위해 오카모토

타로오의 벽화를 해체할 때도 그랬다. 당시 타로오의 벽화를 아껴 해체를 반대하는 사람들이 많았다. 그런데 당사자인 타로오는 설득하러 온 도청 직원에게 이렇게 말했다.

"흥, 그럼 어쩔 도리가 없군."

도청은 작가의 양해를 얻음으로써 해체 작업에 날개를 달았고 반대하던 사람들은 '선생님이 정말 그렇게 말했습니까?' 하며 분노했다고 한다. 결국 벽화는 해체되었고 그 벽화를 높이 평가하고 있던 유럽 사람들까지도 큰 충격을 받았다고 한다.

타로오는 예술 작품을 만들 때 늘 '흐름'을 중요시한다고 말했다. 고정되어 있는 것은 따분하다 여기고 유동적인 변화에 초점을 두려 노력했다. 그랬던 그이기에 자신의 작품에 사람이 올라가고 해체가 되어도 초연할 수 있었던 것은 아닐까.

죽는 것이 뭐가 나쁜가

나가노현 스와시에서는 6년마다 한 번씩 온바시라 마츠리御柱祭라는 제사를 연다.

온바시라 마츠리란 거대한 전나무의 껍질을 벗겨서 시가지를 도는 색다른 제사다. 그 중에서도 큰 나무를 타고 30

도 이상 경사진 비탈길 위나 언덕 위에서 내려오는 '키오토시木落し'는 제사의 하이라이트로, 부상자는 물론이고 사망자가 나올 정도로 위험하다.

어느 날, 그런 격한 '온바시라 마츠리'에 오카모토 타로오가 손님으로 초대받았다. 타로오는 이 제사를 '조몬繩文*제사'라 하여 전부터 관심 있어 했기 때문에 몹시 신나 했다. 타로오는 장인들이 입는 겉옷을 입고 큰 나무를 메고 운반하며 제사를 즐겼다. 그리고 그것만으로는 부족했는지 기둥 위에까지 올라갔다.

드디어 클라이맥스인 '키오토시' 시간이 왔다.

계속해서 전나무에 타고 싶다는 타로오 때문에 주위 사람들은 몹시 당황했다. 너무나 위험했기 때문이다. '죽습니다' 하고 만류하는 소리에 타로오는 기둥에 매달린 채로 이렇게 말했다.

"죽는 것이 뭐가 나빠? 제사가 아닌가."

결국 억지로 끌려나오다시피 해서 내려왔지만 유감스럽다는 듯 '왜 나만 안 된다는 거야' 하며 투덜거렸다고 한다.

---

*조몬 : 일본의 선사시대 중 기원전 1만년 경부터 기원전 300년 (약 1만 2천 년 전 ~ 1천 3백 년 전)까지의 기간.

흉내 낼 수 없는 스키 스타일

몸 움직이기를 좋아했던 타로오는 젊은 친구가 권하는 대로 마흔여섯 살에 스키를 시작했다. 건강한 아저씨다.

'스키가 위험하기 때문에 열중했다. 목숨을 걸 정도로 진지하게 놀지 않고서는 놀이라 할 수 없지.'

이런 굳은 결심으로 시작한 스키. 그의 스키 스타일은 세계적인 스키어 미우라 유이치로오가 말하기를 '아무리 완만한 사면이라도 에베레스트에서 활강하는 기세로 미끄러져 내려온다'라고 할 만큼 역동적이었다. 모든 일에 전력투구해서 열중하는 타로오다운 미끄럼 타기다.

프로 대회에서 주자로 뛰었을 때도 그랬다.

급사면은 엄청난 기세로 멋지게 내려왔지만 아무것도 없는 완만한 곳에서는 넘어졌다. 그런데 이런 식으로 미끄러지면 부상을 입기 쉽고 결국 타로오는 다리가 부러지고 말았다. 그가 병원에 입원하자 타로오를 걱정한 예술가 친구 아라카와 슈사쿠가 팬지꽃을 가지고 문병을 왔다. 그런데 타로오는 그들을 보고 갑자기 울음을 터뜨리며 이렇게 소리쳤다.

"남자에게 꽃을 받은 것은 처음이다."

타로오는 선물의 답례로 쇼팽의 피아노 소나타를 40분 정도 울면서 쳤다. 그는 피아노 솜씨도 프로급이었다고 한다.

캠 퍼 스 에 서 나 와 라

일본의 이색적인 화가를 꼽아보라고 하면 지미 오오니시를 떠올리는 사람이 있을 것이다. 그런데 지미 오오니시를 화가의 세계에 진출시킨 계기가 된 사람이 타로오라는 것은 의외로 알려져 있지 않다.

어느 날, 지미 오오니시는 자신의 그림을 예전부터 존경해온 타로오에게 보냈다. 당연히 회답 같은 것은 오지 않을 것이라고 생각하고 있었는데 며칠 후, 타로오로부터 다음과 같은 메시지를 받았다.

"캠퍼스에서 나와라."

현재 피카소의 고향인 스페인에서 활동하는 지미 오오니시로서는 이 말이 출발점이 되었다. 그는 지금도 이 말이 의미하는 것을 골똘히 생각하고 있다고 한다.

Ludwig
van
Beethoven

루드비히 반 베토벤 (1770년 12월~1827년 3월)

독일의 본에서 태어났다. 여덟살 때 음악당 연주회에 출연했고 하이든에게 사사받았다. 이
십대 후반부터 난청 증상이 시작되었지만 〈비창〉〈월광〉 등 피아노 소나타를 발표하며 왕
성한 활동을 했다. 바흐, 브람스와 더불어 독일 음악에서 '3대 B'의 하나라 불리며 음악가
로서 최고의 영예인 '악성'의 칭호를 받았다. 대표작으로 〈교향곡 5번 운명〉〈교향곡 6번
전원〉 등이 있다.

Ludwig van Beethoven

엉뚱한 지휘

베토벤은 스물아홉 살 때 청각 장애가 온 것을 깨달았다. 그것은 작곡가로서 치명적인 질환이었지만 작곡가가 되는 것은 마치 프로스포츠 선수가 되는 것처럼 힘든 일이었기에 베토벤은 청각 장애를 주위 사람들에게 감출 수밖에 없었다.

베토벤은 남몰래 냉수욕, 온열욕, 강장제, 과실주 등으로 여러 가지 치료를 시도했다. 하지만 청각은 회복되지 않았고 아이러니하게도 이때 베토벤이 행한 독자적인 요법이 증상을 악화시켰다고도 전해지고 있다.

귀가 들리지 않게 된 베토벤의 지휘는 악단의 연주와 엇갈리는 경우가 종종 있었다. 유명한 사건이 1824년 연주회에서의 기묘한 지휘다. 팔을 마음껏 휘두르며 몸을 펴고 두 손을 위로 올렸는가 하면 땅에 엎드릴 정도로 몸을 굽히기도 했다. 또한 손 박자뿐만 아니라 발까지 움직이며 마치 자신이 모든 악기를 연주하고 있는 것처럼 지휘를 했다. 이렇게 되면 연주자들도 헷갈릴 것 같은데 사실상 베토벤 옆에서 으믈라우프Umlauff가 지휘를 했으며 오케스트라 멤버들은 그쪽으로 집중하고 있었다 한다.

연주가 끝났을 때 베토벤은 터져 나갈 듯한 박수갈채를 받았는데 그는 아무런 반응도 보이지 않았다. 박수 소리조차 들리지 않았던 것이다.

결국 베토벤은 청각을 완전히 잃어버렸고 보청기나 필담으로 일상생활이나 작곡 활동을 해야 했다. 그런데 그 후로도 갖가지 명곡을 내놓은 것을 생각하면 참으로 천재였던 것 같다.

경찰에게 체포되다

베토벤이 지나가면 대부분의 사람들은 뒤를 돌아보았고, 걸음을 멈추는 사람도 있었다. 베토벤은 목소리가 컸고 생각에 잠겨 어두운 얼굴을 하고 있거나 노래를 흥얼거리며 걷는 일이 많았다. 이 정도면 사람들의 눈길을 끄는 것이 당연하다. 그리고 천하의 대음악가가 과연 저런 모습일까 미심쩍게 생각하고 보는 사람도 많았을 것이다.

베토벤은 만년에 형편없는 옷차림으로 다녔다. 여기저기

찢어지고 더러운 작업복을 입고 거리를 어슬렁거리는 그를 사람들은 '더러운 곰'이라 불렀다.

그의 이상한 옷차림과 행동은 아이들이 흉내 낼 정도였으며 조카 칼은 함께 외출하는 것을 싫어해 베토벤에게 이렇게 말했다 한다.

"숙부가 너무 부끄러워요."

어느 때는 부랑자로 오해받아 체포되기도 했다.

그날 베토벤은 평소처럼 낡은 웃옷을 걸치고 산책하던 중이었다. 집을 나온 것은 아침이었지만 머릿속에 아이디어가 떠올라 생각에 잠겨 걷고 있는 사이에 저녁이 되고 말았다. 그때 거리의 집들은 저녁 식사 준비를 하고 있었다. 배가 고팠던 베토벤이 무심코 가까이 있는 집을 들여다보았는데 어이없게도 부랑자로 착각한 경찰에게 체포되고 말았다.

"나는 베토벤이다."

그는 저항했지만 경찰은 의연한 태도로 말했다.

"거짓말하지 마. 너는 부랑자야. 베토벤은 이렇게 비참하지 않아."

결국 베토벤의 주장은 받아들여지지 않았고 '자신이 베토벤이라 믿고 있는 위험한 사람'으로 간주되어 아침까지 감옥에 있어야 했다.

심각한 절약

천재들 중에는 무서운 낭비벽이 있는 사람이 있다. 마치 예술 활동을 하는 것처럼 거침없이 돈을 쓰며 그것이 마치 천재에게 주어진 하나의 특권처럼 여기는 것이다. 하지만 그 반대의 인간도 있다. 그런 사람이 바로 베토벤인데 그는 금전에 관해서는 절약 정신이 투철했고 매우 엄격했다.

킨스키 공은 베토벤을 지원하던 귀족이었다. 그런데 킨스키 공이 어느 날 갑자기 몰락하여 베토벤을 지원할 여유가 없게 되었다. 그도 하룻밤 사이에 무일푼이 되어 마음 심란하기 짝이 없는데 베토벤은 이렇게 말했다.

"약속한 대로 지불해 주세요."

그리고 어이없게도 지원을 요구하는 소송을 제기했다.

돈을 가지고 있으면서도 '없다'고 말하는 사람이 있는데 베토벤이 바로 그런 타입이었다. 그는 돈이 있는데도 불구하고 원조를 구걸하는 편지를 체면 차리지 않고 여기저기 보냈다고 한다.

이런 면을 보면 〈운명〉 같은 곡에서 느껴지는 호쾌함과는 동떨어져 보인다. 아마도 베토벤은 어렸을 때부터 부모를 대신해서 가장 역할을 해야 했기 때문에 돈에 대한 집착이 심했는지도 모른다.

여성은 얼굴 생김새와 집안 중시

베토벤은 사후에 발견된 열렬한 러브레터들이 증명하듯 연애 경험이 많은 남자였다. 하지만 플레이보이와는 조금 달랐다. 그는 연애에 결벽증 같은 면이 있어서 여성을 사귈 때 놀이 삼아 즐기는 것이 아니라 결혼을 염두에 두고 만났다. 그 때문에 언뜻 보기엔 화려해 보일지 몰라도 대부분의 여성과 순수한 관계를 유지했다고 한다.

베토벤이 만난 여성들은 브른스윅Brunswick 백작의 딸 요제피네Josephine, 줄리에타 그이치아르디Giulietta Guicciardi 백작의 딸 등 명문가의 자녀로 미인이었다. 그는 한마디로 곱게 자라고 얼굴이 예쁜 공주님 타입을 선호했다.

베토벤은 1810년경 누군가에게 보내는 편지에 이렇게 썼다.

'나는 아름다운 사람이 아니면 사랑할 수 없습니다.'

하지만 그는 몇 번의 사랑을 실패하고는 '불행하게도 아내로 맞을 여성이 없다'고 말하며 평생을 독신으로 살았다.

너무나 좋아했던 커피

침식을 잊고 창작활동에 몰두하는 것은 예술가들에게 흔히 있는 일이고 베토벤도 예외는 아니었다. 그는 식사를 잊어버릴 정도로 불규칙한 생활을 하고 있었으며 그것이 청각 장애를 가져온 원인이라고 지적하는 연구가도 있다.

그런 생활 속에서도 베토벤이 꼭 지키는 것이 있었다. 바로 매일 아침 커피를 마시는 일이었다. 매일 아침 커피를 마시는 것은 그다지 특별한 일이 아니지만 베토벤은 조금 유난스러웠다.

극상의 콩을 정확히 60알, 고르고 고른다. 그리고 터키식 분쇄기로 갈아서 마음에 드는 커피 메이커에 공들여서 끓여 마셨으며 그 커피 한 잔이 베토벤의 아침식사의 전부였다고 한다.

베토벤은 커피를 기호식품이 아닌 악상을 떠올리는데 도움을 주는 약처럼 생각했기 때문에 정확하게 제조를 하려고 갯수를 세는데 집착했으며 옆에서 손님이 보고 있으면 더 잘 세려고 노력했다고 한다.

파블로 피카소 (1881년 10월~1973년 4월)

스페인 화가로 에스파냐에서 태어났다. 잇따라 작품의 스타일을 바꾸어 내며 그때마다 회화의 신경지를 개척해 사람들은 그를 현대미술의 출발점이라고도 말한다. 대표작으로 〈아비뇽의 딸들〉 〈게르니카〉 등이 있다. 피카소는 20세기를 대표하는 화가라 불리며 조각이나 판화, 도예 등에도 재능을 발휘했다.

Pablo Ruiz Picasso

Pablo Ruiz Picasso

종래의 스타일을 철저히 연구해서 개성적인 화풍으로

피카소라고 하면 아이들 낙서와 같은 독특한 터치가 유명하다. 전위적인 피카소의 그림은 보는 사람으로 하여금 '이 정도는 나도 그릴 수 있다'는 말을 이끌어 내기도 한다. 그러나 그 개성 넘치는 스타일은 그림으로 표현할 수 있는 것은 전부 다 표현했다고 생각한 피카소가 새로 개척한 경지였다.

피카소는 열살 때 아버지가 교사로 근무하고 있는 미술학교에 다니기 시작했다. 그리고 철저하게 데생을 배웠다. 이 학교에서는 데생의 기초를 익힐 때까지 그림물감조차 사용하지 못하게 했다고 한다.

센스 있는 피카소는 기초를 배우자 눈에 띄게 실력을 키워갔고 열세 살이 되었을 때는 선생님, 즉 아버지까지도 능

가해버렸다. 아들의 천재적인 재능을 보고 아버지는 자신의 화필과 물감을 물려주고 그림 그리기를 그만 둘 정도였다. 이렇게 재능이 뛰어났던 피카소가 열네 살 때 그린 초상은 다른 화가들이 평생을 두고 그린 최고의 작품과 견줄만한 수준이었다고도 한다. 하지만 천재적인 실력을 가진 피카소는 만족할 줄 몰랐다.

"농담이 아니고 언제까지나 같은 스타일을 그리고 있다고 생각하지 말아 주게. 과거는 이미 흥미 없어. 내가 그린 작품을 흉내 내서 비슷하게 그릴 거라면 남의 작품을 흉내 내는 것이 나아. 나는 새 발견을 좋아해."

이렇게 말하던 피카소는 일생 동안 2만 점이 넘는 회화 작품을 남겼다. 그 작품들 전부가 두 번 그리기 싫어하는 성미 덕분에 탄생한 것이라고 하면 피카소가 천재 화가로 대접받는 것은 지극히 당연한 일이라 할 수 있을 것이다.

드라마틱한 만남

스물두 살의 가난한 화가였던 피카소는 페르난도 올리비에라는 여성과 사랑에 빠졌다. 그들의 첫 만남은 참으로 드라마틱했다.

소나기가 내리던 어느 날 피카소는 아기 고양이를 안고

아틀리에로 가고 있었다. 이때 페르난도가 비를 피해 피카소의 앞으로 뛰어 들어왔고 피카소는 안고 있던 고양이를 살며시 내밀며 호감을 표시했다. 페르난도는 고양이를 받아 안았고 이렇게 둘의 사랑이 시작되었다.

두 사람은 곧 함께 살기 시작하는데 질투가 심한 피카소는 페르난도를 방 밖으로 내보내지 않았다고 한다. 그는 거리에서 다른 남자가 그녀를 쳐다보는 것도 견딜 수 없어했고 페르난도를 집에 두고 혼자서 외출을 해야 할 경우에는 문을 밖에서 잠그고 나가기도 했다. 그러다 한 번은 불이 나버렸는데 밖에 있던 사람들이 페르난도를 구해주지 않았다면 큰일이 날 뻔 했다.

이렇게 끔찍이 그녀를 아꼈던 피카소지만 8년간의 동거 끝에 그녀가 다른 남자와 도망을 가자 해방감을 느끼고 곧 다른 여성과 사랑에 빠졌다.

여러 가지 체위에 도전한 거장

피카소는 본처 오르가의 눈을 속여 메리 테레스라는 열일곱 살 여성과 바람을 피웠다. 메리 테레스를 유혹하는 방법도 페르난도 때 이상으로 대단했다.

지하철 입구에서 나오는 그녀를 우연히 맞닥뜨린 피카소

는 느닷없이 테레스의 팔을 잡고 이렇게 말했다.

"아가씨, 나는 피카소입니다. 당신의 얼굴이 너무 흥미롭군요. 제 그림의 모델이 되어주시지 않겠습니까. 우리 두 사람은 대단한 일을 함께 할 수 있을 거예요."

이때 피카소는 마흔다섯 살이었는데 본인의 나이를 아랑곳하지 않고 십대 여성에게 프러포즈를 한 것이다. 피카소는 메리 테레스와 데이트에 성공한 후 열심히 그녀를 설득해서 그녀가 열 여덟 살이 되었을 때 깊은 관계를 맺었다. 그리고 갖가지 성애를 시도했다. 온갖 체위에 도전하는 바람에 그녀가 웃어버릴 정도였다고 하는데 도대체 웃기는 체위란 어떤 것일까.

또 피카소는 체위에만 그치지 않고 어느 때는 사디스트적으로 또 어느 때는 마조히스트적으로 생각나는 모든 성의 체험을 즐겼다고 한다. 그녀를 유혹할 때 말했던 '우리 두 사람은 대단한 일을 함께 할 수 있을 거예요'란 이것을 말하는 것일까? 그렇다면 그 말에 거짓은 없다.

애인들이 싸우는 것을 즐기다

피카소와 깊은 성의 경지에 이른 메리 테레스는 이윽고 딸을 낳았다. 그런데 피카소는 아이가 태어나자 메리 테레스에게 그만 싫증이 나서 다른 여성을 만나고 말았다. 바로 화가이며 사진작가이기도 한 스물아홉의 도라를 새로운 애인으로 삼은 것이다.

이 사실을 안 메리 테레스는 당연히 불쾌해 했고 두 여자가 아틀리에에서 맞닥뜨렸을 때 아틀리에는 아수라장으로 변하고 말았다.

"나는 그이의 아이를 낳았단 말이야."

두 여자가 험한 말을 해가며 싸움을 해대는데 문제의 피카소는 시치미를 떼고 작품만 그렸다. 두 사람이 그런 피카소를 내버려 둘 리가 없었다.

"분명히 말하세요. 우리들 중 누가 나가야 할지."

결국 메리 테레스가 피카소를 추궁했다. 진지하고 절박한 질문이었다. 그런데 피카소는 이렇게 대답했다.

"당신들끼리 싸워서 결정해."

이때 두 사람의 기분은 정말이지 말로 표현하기가 어려웠을 것이다. 피카소는 상냥하고 사랑스러운 메리 테레스와 지적인 도라 양쪽 모두가 좋아서 결정할 수 없었던 것이다. 그리고 그 상황을 나중에 이렇게 말했다고 한다.

"둘이 정말 맞붙기 시작했어. 그렇게 재밌는 일은 없었다."

애인에 대한 마음이 그림에 반영된다

피카소는 평생 일곱 명 정도의 여성과 장기간에 걸쳐 동거나 결혼생활을 했다. 그리고 애인들을 그림의 모델로 삼았으며 만나는 여인에 따라 그림의 화풍이 달라지기도 했다.

재미있는 것은 같은 여성을 그리고 있어도 시간이 흐름에 따라 그 구도가 크게 변화하고 있다는 것이다. 갓 만난 무렵에는 아름답게 그려져 있지만 사귄 지 오래됨에 따라 추하게 표현되고 있다. 본처 오르가가 말이나 추한 노파로 그려진 적도 있고, 어느 애인은 개나 두꺼비로 그려진 적도 있었다. 이에 대해 피카소는 이렇게 말했다.

"여자로서 그림 속에서 자신이 추방되는 것을 보는 건 괴로운 일이겠지."

지독한 바람둥이었던 피카소는 자신을 사랑해주는 여인에게 짓궂은 행동도 서슴치 않았지만 그럼에도 불구하고 그의 연인들은 그의 곁에 오래토록 머물기 원했다. 심지어 피카소에게 버림받았지만 그가 사망한 이후 그의 뒤를 따라 죽음을 선택한 애인도 있었다.

이것은 사랑을 '받기'보다 '하기'를 원했으며 애정 표현에 거침없었던 피카소를 사랑한 여인들의 기구한 운명은 아니었을까.

Pythagoras

▌피타고라스 (기원전 582년 ~ 기원전 496년)

그리스 에게해의 사모스 섬에서 태어났다. '피타고라스의 정리' 등으로 유명한 고대 수학자이며 철학자이다. '만물의 근원은 수학이다' 라고 제창하고 피타고라스학파를 창설해 플라톤에게도 큰 영향을 주었다. 피타고라스학파는 삼각형 내각의 합은 180도라는 것과 정오각형의 각도 등을 발견했다. '사모스의 현인', '클로톤의 철학자' 라고도 불린다.

Pythagoras

터무니없는 학교

피타고라스는 기원전 518년경 남 이탈리아 클로톤에 학교를 세웠다. 그리고 여기서 육성된 많은 제자들이 피타고라스학파라 일컬어지는데 이 학교가 약간 이상했다.

피타고라스는 수학, 자연과학, 철학을 가르치고 제자와 더불어 연구에 전력을 다했다. 그런데 그 내용은 일급비밀로 일체 누설이 금지되어 있었다. 마치 교육 기관이라기보다 비밀 결사대와 같은 모습이다. 그 때문인지 학교는 '피타고라스 교단'이라고도 불리었으며 실제로도 피타고라스학파는 종교적인 면이 강했고 영혼의 불멸을 논하기도 했다.

피타고라스 교단에서는 제자가 발견한 것은 모두 스승의 것, 요컨대 피타고라스의 것이었다. 스승이 제자의 공을 빼앗는 것은 어느 시대에나 있는 일이지만 연구 성과의 '전부'라는 것은 잔혹한 일이다.

피타고라스는 출판을 금지했으며 한 권의 책도 내놓지 않았다. 때문에 피타고라스의 업적은 사실상 전혀 알 수가 없다. 그 유명한 '피타고라스의 정리'도 실은 피타고라스가 생각한 것이 아니라는 설까지 있다.

피타고라스. 어쩌면 한 사람의 철학자라기보다 하나의 그룹명이라고 생각하는 것이 좋을지도 모른다.

비밀을 누설한 히파수스의 말로

피타고라스는 '만물의 근원은 수'라는 말로 유명하다.

비슷한 말로 철학자 탈레스의 '만물의 근원은 물', 그 제자인 아낙시만드로스Anaximandros의 '만물의 근원은 무한정한 무엇' 등이 있다. 이런 것을 보면 피타고라스의 논리가 설득력이 있는 것 같다. 현대에서도 '숫자가 전부'라는 표현을 하니 말이다.

그런데 이 이론의 약점을 발견한 제자가 있었다. 바로 히파수스Hippasus이다. 그는 피타고라스의 정리를 사용했을 때 나오는 무리수 $\sqrt{2}$ 야말로 숫자에서는 표현할 수 없는 수라는 것을 깨닫게 된다. 그 무렵의 수학에는 정수, 분수, 유리수밖에 없었다.

자신의 주장에 방해가 된다고 생각한 피타고라스는 어떻

게든 단속을 하려고 했지만 히파수스는 결국 비밀을 누설해 버린다. 약점을 발견한 기쁨을 참을 수 없었던 모양이다.

결국 히파수스는 교단의 손에 의해 절벽에서 바다로 무참하게 떨어지고 말았다.

콩은 생식기와 비슷해서 금지

피타고라스학파는 공동생활을 하며 행동을 엄하게 제한하였고 음식도 통제했다. 먹어서는 안 될 음식 중에 하나가 콩이었다. 왜 안 되는지 이해할 수 없지만 대강 이런 이유 때문이었다.

'콩을 먹으면 위 속에 가스가 찬다.'

'콩은 생명의 호흡 대부분을 나누어 갖기 때문에 안 된다.'

콩에게 그런 영향력이 있는 걸까 하고 고개를 갸우뚱하게 되지만 다음과 같은 이유까지 나오면 더 이상 할 말이 없어진다.

'콩은 생식기와 비슷하기 때문에'

'지옥의 문처럼 저절로 마디가 떨어져 벌어지기 때문에'

'우주의 모양을 하고 있기 때문에'

마지막의 우주 모양을 하고 있기 때문이라는 항목에 이르면 나쁘지 않을 것 같은 느낌도 든다. 그리고 '안 된다면 안 돼' 라고 말하는 피타고라스의 엄격한 표정이 떠올라 먹고 싶은 마음도 사라진다.

이밖에도 피타고라스는 '빵을 찢어서는 안 된다', '보석류를 몸에 장식한 여자에게서 아이를 낳아서는 안 된다' 등의 계율도 만들었다. 심지어는 '왼손으로 식사를 해서는 안 된다' 라는 것까지 있었다.

신을 만나기 위해 지하로 들어가다

피타고라스는 지하에 주거지를 만들어 생활하고 있었다. 언젠가 지하에서 한 달이나 지내다 지상으로 나온 피타고라스는 여월 대로 여위어서 해골처럼 되어 있었다. 이때 피타고라스의 나이가 50세를 넘었기 때문에 건강에 무리가 갔을지도 모른다.

지상으로 나온 피타고라스는 사람들에게 이렇게 말했다.

'나는 지금 하데스를 만나고 돌아왔다.'

하데스란 지하의 신을 말한다. 요즘에 이런 말을 하면 다시 한 번 지하에 묻힐 것 같지만 당시의 사람들은 그렇지 않았다. 피타고라스의 입에서 저 세상의 이야기를 듣자 목 놓아 울며 감동했다. 더욱 놀라운 것은 피타고라스가 지하에 있어서 보지 못했을 지상의 모습을 상세히 말한 것이다. 그러자 사람들은 피타고라스를 신이라고 여기며 우러러 받들었다.

이에 대해서 피타고라스가 지하에 있는 동안 어머니에게 지상에서 일어난 일들을 조사하게 하여 그 노트를 받았다는 설도 있다. 확실한 진위는 모르지만 이 일이 계기가 되어 피타고라스는 신자를 늘리고 그 이름을 널리 알렸다.

콩에게 다가갈 것이라면 죽는 것이 낫다

피타고라스의 최후에 대해서는 여러 가지 설이 있는데 계율을 중시한 피타고라스다운 이야기를 소개하겠다.

어느 날 피타고라스가 집에서 친구와 이야기를 나누고 있는데 불이 났다. 불을 낸 것은 피타고라스 반대파의 시민들이었다. 그들은 피타고라스파의 세력이 너무 강대해진 것을 두려워했다. 당시 피타고라스파의 영향력은 정치에까지 미치고 있었으며 그것을 위협으로 생각하는 시민이 적지 않았다.

갑자기 일어난 불길에 피타고라스는 아내와 함께 도망쳤다. 뒤에서는 반대파가 계속 추격하고 있었다. 정신없이 뛰고 있는데 눈앞에 펼쳐진 것은 놀랍게도 콩밭이었다. 피타고라스의 계율에서 콩은 단지 먹으면 안 되는 것만이 아니었다. 다가가는 것마저도 허용되지 않는 위험 식품이었다. 때문에 아내의 설득도 헛되게 피타고라스는 콩밭으로 도망쳐 들어가지 않고 적에게 추격당해서 목이 찔려 죽었다고 한다.

이 설이 옳다면 피타고라스는 콩에 의해 죽은 셈이 된다. 피타고라스에게 콩은 계율의 대상이라기보다 일종의 공포와 같은 것이 아니었을까.

Albert Einstein

▌알버트 아인슈타인 (1879년 3월 ~ 1955년 4월)

독일의 울름에서 태어났다. 교사와 가정교사 아르바이트를 거쳐 스위스 특허국에 3급 기술 전문직으로 일했다. 〈광양자 가설〉〈브라운 운동의 이론〉 등에 관한 논문을 발표하여 취리히 대학의 교수가 되었다. 1921년, 광양자 가설에 의거한 광전효과의 이론적 해명에 의해 노벨 물리학상을 수상. 〈특수 상대성 이론〉을 발표해 천재 과학자라고 일컬어진다.

Albert Einstein

물리와 수학 외에는 흥미가 없다

아인슈타인은 천재로 널리 이름이 알려져 있지만 결코 우등생은 아니었다. 아니 오히려 열등생이었다고 말해야 옳을 것이다.

유아기의 아인슈타인은 말 익히기가 대단히 늦었다. 말을 하게 되면서도 한 마디 하고는 이내 우물거려 가족들의 걱정을 샀다. 초등학생이 되어서도 말수가 적고 얌전했으며 소란한 놀이에는 끼지 않았고 격렬한 운동도 하지 않았다. 그런 아인슈타인을 같은 반 친구들은 '고지식한 바보'라 부르며 놀렸다.

아인슈타인이 언어와 관련된 것을 싫어하는 건 청소년기에도 변함이 없었다. 뿐만 아니라 좋아했던 물리와 수학 외의 과목에는 거의 흥미가 없었던 것 같다.

지구과학 시간에 선생님이 아인슈타인에게 이런 질문을

했다.

"아인슈타인 군, 여기서 이 지층은 어떤 식으로 움직이고 있나? 아래서 위로인가 아니면 반대인가?"

아인슈타인은 이렇게 대답했다.

"선생님, 어느 쪽으로 움직이든 제게는 같습니다."

좋아하는 과목 외에는 관심이 없었던 아인슈타인은 열 살 때 학교를 그만두고 독학을 했으며 열여섯 살 무렵에는 미분과 적분을 혼자 힘으로 풀어냈다고 한다.

천재 수학자가 계산 실수가 많았다

천재 수학자 아인슈타인은 뜻밖에도 계산 실수를 자주 했다. 학생 때부터 실수가 많았고 연구학자가 되고 난 후에도 달라지지 않았다. 특히 아주 간단한 계산을 자주 틀렸다. 하지만 고도의 계산은 정확하게 해냈다.

아인슈타인은 그 이유에 대해 이렇게 대답했다고 한다.

"후각이 예민해지는 거야."

수학이라는 논리적인 분야에 참으로 감각적인 회답이다. 천재가 아니고서는 할 수 없는 표현 아닐까.

음악에도 천재적이었던 아인슈타인

아인슈타인은 수학, 물리뿐만 아니라 음악에도 재능이 뛰어났다.

그가 바이올린으로 모차르트의 악곡을 켜는 것을 들은 친구는 도저히 아인슈타인의 연주라고 믿을 수 없었다고 한다. 연주가 너무나 박력 있고 우아했기 때문이다. 아인슈타인은 바이올린 연주에 스스로도 자신감을 가지고 있었던 것 같다. 대학시절 하숙집에서도 하숙집 여주인이나 그 딸들, 그리고 친구를 위해서 솜씨를 보였으니 말이다.

어느 날, 하숙집 2층에 사는 부인들이 뜨개질하던 것을 가지고 연주를 들으러 오자 아인슈타인은 화를 내며 방에서 나가버렸다.

그리고 투덜거리면서 이런 말을 했다.

"여러분의 뜨개질에 방해가 되리라고는 꿈에도 생각지 못했습니다."

이 무렵의 아인슈타인은 '옆집에서 치는 피아노 소리가 들리면 부랴부랴 옷을 입고 악기를 챙겨서 뛰어나가는 음악광' 이라는 소문이 퍼질 정도로 음악에 빠져 있었다고 한다.

독자적인 방법으로 교사의 반감을

수학에 '후각이 예민해진다'고 하며 자신만의 방법을 가지고 있던 아인슈타인. 물리도 마찬가지로 매뉴얼을 싫어하고 자기 식대로 문제를 풀길 좋아했다.

교사가 실험실 사용에 관한 주의 사항을 종이에 써서 주면 쓰레기통에 휙 던져버렸다. 그런데 설명을 정확히 읽지 않았던 탓인지 아인슈타인은 실험실에서 폭발사고를 일으키고 말았다.

"자네는 열심히 연구하고 도전하는 마음에는 별로 부족한 것이 없지만 능력은 결여되어 있어."

교사는 아인슈타인에게 이렇게 충고하고 물리학이 아니라 의학이나 법률의 길을 권했다고 한다. 교사의 말에 반발을 느끼면서도 충격을 받은 아인슈타인은 몇 주 동안 좋아하는 바이올린도 잡지 못했다.

하지만 이 교사의 조수는 아인슈타인을 인정하고 있었던 것 같다. 아인슈타인의 태도에 대해 불평하는 교사와 조수가 주고받은 대화 중에 이런 것이 있었다.

"자네는 아인슈타인을 어떻게 생각하나? 언제나 내가 지시하는 것과는 다르게 하고 있는데 말이야."

그 교사에게 조수는 이렇게 대답했다고 한다.

"분명히 그렇습니다, 선생님. 하지만 그의 답은 옳고, 사용하는 방법은 대단히 흥미롭습니다."

외모에 무관심한 촐랑이

아인슈타인은 외모에 별로 관심이 없었다. 그는 취리히 대학에서 교수로 근무 할 때 매일 구깃구깃하고 닳아 떨어진 양복을 걸치고 강의를 했다. 그리고 수염도 좀처럼 깎는 일이 없었다. 교사의 위엄도 아무것도 없었다.

또 건강관리도 엉망이었다. 담배를 피우고 수면이 불규칙했으며 게다가 식사는 먹었다 안 먹었다 하면서도 먹을 때는 좋아하는 것만 실컷 먹었다. 그리고 과자 포장지를 보면 거기서 계산에 빠져 먹는 것을 잊기도 했다. 머릿속에 온통 수학만 들어 있는 것 같은 아인슈타인은 주의력이 무척 산만했다고 한다.

아내 밀레바Mileva와의 결혼 첫날밤의 일이었다. 경제적인 사정으로 호화로운 결혼식도 신혼여행도 할 수 없었지만 기념사진을 찍고 친구들과 즐거운 결혼 파티를 열었다. 그후, 아파트로 돌아가 마침내 두 사람만의 첫날밤을 맞을…… 예정이었는데 어이없게도 아인슈타인은 현관 앞에서 열쇠가 없다는 것을 깨달았다.

아인슈타인은 두 번 결혼하였는데 그 두 번 모두 실패했다. 가벼운 자폐 증상이 있어 집주소도 외우지 못했고 경제 개념이 없었을 뿐만 아니라 바람둥이 기질도 있어 평범한 가정생활을 하기에는 아무래도 어려움이 있었던 것이다.

장소는 상관없다

아인슈타인은 어디서든 일을 할 수 있었다.

친구가 아인슈타인과 다리에서 만날 약속을 했을 때 일이다. 친구가 '장소를 잘 몰라서 늦을지도 몰라' 라고 말하자 아인슈타인은 이렇게 대답했다.

"기다리는 것은 상관없어. 기다리는 동안 일을 하면 되고 나는 어디서나 일을 할 수 있거든. 집이나 포츠담의 다리 위나 똑같이 문제를 풀고 연구할 수 있어."

또 어느 날 아인슈타인은 의자에 앉아 있을 때 이런 생각을 해냈다.

"만약 사람이 자유낙하하면 자신의 체중을 느끼지 않겠지?"

그는 여기서 발상을 해 중력의 상대성을 연구했다고 한다.

이처럼 아인슈타인은 연구와 발상에 있어서 장소의 구애는 전혀 받지 않았으며 그 결과 위대한 연구물을 세상에 내놓을 수 있었다.

Jean-Jacques Rousseau

▌장 자 크 루소 (1712년 6월~1778년 7월)

스위스 제네바에서 태어났고 16세에 제네바를 떠나 가정교사를 하며 지냈다. 가정교사를 그만둔 후, 파리를 왕래하다가 1750년에 디종의 아카데미 현상 논문에 응모, 〈학문 예술론〉이 입선됐다. 이후 의욕적으로 저작을 하고 음악 작품도 창작했다. 1761년에 베스트셀러 연애소설 〈신 에로이즈〉, 1762년에 〈사회 계약론〉을 발표하여 크게 이름을 떨쳤다.

Jean-Jacques Rousseau

터무니없는 피해망상

루소는 고아였다. 어머니는 루소를 낳자마자 세상을 떠났고 아버지는 루소가 열살 때 집을 나가 그는 열세 살 때부터 조각가 밑에서 고용살이를 해야 했다.

조각가는 무서운 사람이었고 어린 루소를 잔혹하게 대해 소년 루소의 마음을 점점 거칠게 만들었다. 조각가와 함께 지내던 루소는 결국 거짓말하는 것을 익히고, 게으름을 피우게 되었으며 도둑질까지 손을 뻗게 되었다.

어느 날 밤, 루소가 나쁜 동료들과 노는데 몰두하고 있는데 거리에 설치된 가게 문이 그만 닫혀져버렸다. 이렇게 되면 이튿날 아침 일이 늦어지고 화난 주인이 무슨 짓을 할지 모른다는 생각에 루소는 그대로 고용살이하던 집에서 도망쳐 나왔다. 그때 루소의 나이는 열여섯 살이었다.

그 후, 루소는 먹고살기 위해서 여러 가지 직업을 전전했다. 가정교사에 음악교사, 악보 필사, 외교관 서기, 동판 직공 등의 일을 했고 한때는 구걸하며 지낸 적도 있었다. 하지만 그 와중에서도 집필이나 작곡은 꾸준히 해왔다.

루소는 직업만 전전한 것이 아니라 사는 곳도 자주 옮겼다. 누군가 추적하고 있다고 여긴 그는 한 곳에 가만히 정착하여 사는 것이 불가능했던 것이다.

사실 루소가 발표한 자녀 양육론 〈에밀〉이 파리의 고등법원에서 금서 판정을 받아 저자 루소가 체포될지도 모르는 상황이었다. 그런데 원래 피해망상증이 있었던 루소는 '일지도 모른다'가 '틀림없다'로 생각되어 견딜 수가 없었다. 그리고 실제로 있지도 않은 어떤 존재로부터 위협받는다고 생각한 루소는 거리에서 스쳐 지나가는 사람들을 자신을 감시하는 첩보원으로 착각했다. 재롱부리는 애견까지 의심을 했다고 하니 루소의 피해망상증은 무척 심각했던 것이다.

그 피해망상은 말년에까지 계속되었다. 성의 문지기가 죽었을 때 아무도 의심하지 않았는데 자신에게 혐의가 돌아올 것이 두려워 일부러 해부를 요구했고 친구가 큰 병에 걸렸을 때도 의심받을 것을 두려워했다고 한다. 또 의심의 화살을 자연계로까지 뻗어 맞바람마저 자신에 대한 음모의 증거라고 생각했으니 한편으로는 안쓰럽기도 하다.

개를 뛰어넘으려고 하다

친구들로부터 광인 취급을 받고 있던 루소에게는 전설의 에피소드가 수없이 많다.

어느 날, 덴마크 개가 끄는 큰 사륜마차가 무서운 속도로 루소에게 달려왔다. 어떻게 피할까? 오른쪽? 왼쪽? 그때 순간적으로 판단한 것이 자신의 아래로 개가 통과하도록 위로 높이 뛰어오르는 것이었다.

위로 껑충? 슈퍼맨이 아닌 이상 아무래도 무리라고 생각하는데……. 아니나 다를까 루소는 멋지게 충돌하여 부상을 입었다. 개를 뛰어넘었다 해도 그 뒤에는 마차가 있었기 때문이다. 스턴트맨이 무색할 정도로 용감했지만 너무나 무모했던 시도였다.

노출광

루소는 마조히스트였다. 고용살이로 들어가기 전에 있던 목사 집에서 란베르시에라는 여성에게 호되게 꾸중들은 후로 그 성벽에 눈을 뜨게 된 것이다. 루소는 훗날 이렇게 회고했다.

'고통과 부끄러움 속에서도 일종의 육감이 섞여 있는 것을 느꼈고 그것을 맛보고 싶은 욕망 쪽이 공포보다 강해졌다.'

평생 마조히스트였던 루소는 16~7세 무렵 굉장히 위험한 사건을 일으켰다.

그날 루소는 어느 집 안뜰에 몸을 숨기고 있었다. 그곳 우물에 물을 길러 오는 처녀들을 보려고 잠복하고 있었던 것이다. 루소는 젊은 여성의 목소리가 들려오자 기세당당하게 바지를 내리고 엉덩이를 그녀들에게 보여줬다. 그렇게 하면 그녀들이 엉덩이를 때려줄 것이라 생각하고 말이다.

그런데 갑자기 앞에 나타난 엉덩이에 처녀들이 놀라 큰 소동이 벌어졌다. 처녀들은 비명을 질렀고 그 비명을 들은 한 남자가 삽을 들고 쫓아왔다. 루소는 마치 토끼처럼 정신없이 도망치기 시작했다. 한참을 뛰다 돌아보니 근처의 아주머니들과 피해를 입은 처녀들이 가세하여 추격자가 한결 늘어 있었다. 잡히면 큰일이다 하고 전력을 다해서 도망쳤지만 막다른 골목에 몰려 결국 잡히고 말았다.

"도대체 이게 무슨 짓이냐?"

루소는 동정을 사서 용서받으려고 이런 변명을 했다.

"저의 나이와 신분을 생각해서 동정해 주십시오. 저는 외국의 명문가 자식인데 약간 머리가 이상합니다. 감금당할 것 같아서 아버지 집을 도망쳐 나왔는데 여기 있는 것이 알려지면 이제 끝장입니다. 관용을 베풀어 용서해 주신다면 언젠가 꼭 보답하겠습니다." 필사적으로 애원한 보람이 있었는지 루소는 그날 무사히 풀려났다.

이상은 훌륭하지만

루소는 자신의 교육론을 이렇게 이야기하고 있다.

'아버지의 의무를 다하지 못하는 자는 아버지가 될 자격도 없다. 아버지 된 자는 가난이니 직업이니 하는 것을 핑계로 자식을 양육하고 교육할 의무에서 벗어날 수 없다.'

전적으로 맞는 말이다. 자식에게 제대로 가정교육을 하지 못하는 부모가 늘고 있는 현대 사회에서도 통하는 지당한 말이다.

그런데 루소 자신은 책에서 말하고 있는 것과 전혀 다르게 테레스 르바쇠르Therese Levasseur와의 사이에서 낳은 다섯 아이를 낳자마자 바로 고아원으로 보냈다.

루소는 획기적인 교육을 제창하고 있으면서 자신의 아이들은 제대로 양육조차 하지 않았던 것이다. 그의 이론과 실천이 극단적으로 다르니 상당히 무책임한 일이라 하지 않을 수 없겠다.

一休宗純

잇큐 소준 (1394년 2월 ~ 1481년 12월)

일본의 유명한 스님인 잇큐는 교토에서 태어났고 천황의 사생아라고 전해진다. 잇큐는 어렸을 때 출가했으며 여섯 살에 교토 안코쿠지의 조가이슈칸에 입문한 후, 켄오소이, 카소소돈의 제자를 거쳐 카소로부터 잇큐一休 도호道号를 받는다. 오닌의 난(1467년부터 11년 간 계속된 내란)을 사이에 두고 다이토쿠지(교토에 있는 절)의 주지로 취임했다. 주지를 그만둔 후에는 시, 풍자와 익살을 주로 한 단가, 서화를 발표하며 광인 생활을 했다.

一休宗純

에 로 틱 한 스 님

일본의 유명 스님 잇큐는 재기 발랄하게 어른들을 골탕 먹이는 장난꾸러기 캐릭터의 애니메이션 모델로 많이 알려져 있다. 그러나 실제 잇큐 소준은 만화처럼 사랑스럽지는 않은 스님이었다고 한다.

잇큐는 상당히 에로틱했다. 어느 날, 잇큐가 강가를 걷고 있는데 한 여자가 알몸으로 앉아 있었다. 그것을 본 잇큐는 눈을 돌리기는커녕 여성의 음부를 보고 정중하게 세 번 합장하고 자리를 떠났다 한다. 출가한 몸으로 여성의 피부에 합장하여 절하는 것은 있어서는 안 되는 일이다. 게다가 음부를 향해 합장한다는 것은 말도 안 된다. 주위에서 '저 중, 머리가 돌았나'라고 말했다고 하는데 그것도 절대 무리가 아닐 것이다.

또 잇큐는 교토 거리를 떠도는 비천한 여자를 아내로 맞는데 아이를 낳고나서 아내가 자신에게 집착하는 것이 차츰 귀찮아졌다. 결혼한 남자라면 누구나 그런 부담감을 가질 수 있겠지만 잇큐는 정도가 심해 터무니없는 행동을 했다. 어린아이의 머리에 식초를 뿌리고, 정강이를 덥석 문 것이다. 완전히 유아학대인데 왜 그랬는지 그 이유는 전혀 알 수가 없다. 잇큐의 이런 난폭하고 무모한 행동 때문에 아내는 아이를 데리고 집을 나가버렸으니 어찌 보면 잇큐의 뜻대로 상황이 멋지게 해결된 셈이다.

잇큐는 유곽에서 여자를 사서 놀 정도로 색을 밝혔으며 78세의 고령이 되어서도 유랑극단원인 맹인 여성을 사랑하여 성애에 빠졌다고 한다.

머리에 소변을 뒤집어 씌우다

이세(伊勢)에서 지장보살의 개안공양(불교신앙의 대상에 생명력을 불어넣는 의식)이 있었을 때 잇큐는 공양의 도사導師(법회나 장례를 주재, 집행하는 승려)로 초청 받았다. 그날 사람들은 모두 정중하게 머리를 숙이고 개안공양이 시작되기를 기다리고 있었다.

모두의 주목 속에서 도사인 잇큐는 뚜벅뚜벅 지장 앞으로 다가갔다. 그리고 갑자기 지장의 머리를 향해 폭포 같은 소변 세례를 퍼붓고 난 후 그대로 사라졌다.

"이 무슨 해괴망측한 짓이냐!"

주위 사람들은 놀라고 당황해서 지장이 뒤집어 쓴 잇큐의 소변을 필사적으로 씻어 냈다고 한다.

그런데 깨끗이 씻어 냈을 때 이런 소리가 들리기 시작했다.

"천하의 잇큐가 개안했는데 씻어낸 기분이 어떤가."

잇큐의 소변 세례에 너무 놀라 착란상태에 빠져 이런 소리를 들었는지도 모른다. 어쨌든 사람들은 이 소리를 듣고 잇큐의 뒤를 쫓아가 개안공양을 다시 해달라고 부탁했다.

그러자 잇큐는 뒤쫓아 온 사람에게 이렇게 말했다.

"아니, 내가 일부러 되돌아갈 필요는 없네."

그리고 자신이 차고 있던 더러운 훈도시(남성의 음부를 가리는 폭이 좁고 긴 천)를 건네주며 '이것을 지장의 목에 둘둘 감아 줘' 하고 말했다는 것이다.

어이 없는 일이긴 하지만 사람들은 잇큐의 그 말을 완전히 무시할 수는 없었다. 잇큐가 시키는 대로 하면 놀랍게도 그 고장을 괴롭히고 있던 기이한 병이 사라졌다고 하니 말이다.

설날에 해골을 가지고 돌아

'일년지계는 설날에 있다' 는 속담이 말해주듯 설날은 1년의 시작으로 마음을 새롭게 하는 중요한 날이다. 분주한 일상생활을 잠시 접고 설날만큼은 밝은 생각으로 맞고 싶은 것이 모든 사람들의 소망이다.

그런 설날에 잇큐는 사람들의 집을 방문하며 돌고 있었다. 그런데 잇큐를 본 사람들은 모두 놀라서 숨을 죽였다. 놀랍게도 잇큐는 해골을 안고 있었던 것이다. 해골은 묘지에서 직송된 것이었고 그것을 대나무 끝에 매달아 보이며 집집마다 문을 두드렸다.

사람이 나오면 잇큐는 이렇게 말했다.

"보다시피 보다시피 조심, 조심."

새해를 맞자마자 이런 것을 보게 되면 화가 난다. 당연히 불만이 나오기 시작했다.

"설날에 왜 재수 없게 해골을 가지고 다니는 겁니까?"

그 물음에 잇큐는 이렇게 대답했다.

"이 해골만큼 축하할만한 것은 없다. 눈이 나온 구멍만 남아 있으니까 축하할만하지." (일본어로 축하할만하다는 메데타이 目出たい다. 여기서 메데타이의 메데目出를 한자로 풀이하면 눈이 나오다 라는 뜻이 된다)

겉치레로 한 말인지 어떤지는 모르지만 잇큐의 이 괴상한 행동에는 설날이라고 해서 방심하지 말고 죽음을 생각해야 한다는 통렬한 경고의 의미가 담겨져 있었다고 한다.

파계 선언

잇큐는 47세 때 노승들의 요청으로 여의암의 주지승을 맡게 되었다. 여의암에서는 법요(재)를 집행했는데 내객이 많아서 몹시 피곤해했다. 그래서 잇큐는 열흘 동안 지낸 후 여의암을 떠날 결심을 하게 되었다. 아무래도 인내심에 한계가 온 모양이었다. 그런데 아무리 전대미문의 잇큐라도 아무 말 않고 떠나는 것은 도리가 아니라고 생각했는지 송별사를 써서 같은 절의 스님에게 건네주었다.

그것은 다음과 같은 내용이었다.

〈여의암의 주지를 맡았던 열흘 간 너무 어수선하고 바빴다. 나는 깨우침이 부족한 탓인지 번민이 심해서 견딜 수 없다. 만약 훗날 나를 찾아올 일이 있으면 생선가게나 선술집, 혹은 창녀의 집에 절어 있을 테니까 그런 데를 주로 찾아 달라.〉

생선가게, 선술집, 창녀의 집, 모두 불교에서 금지하는 장소이다. 이곳에서 찾아달라는 것은 바로 승려의 '파계 선언'이다.

기상천외한 행동이 많았던 천재 스님 잇큐. 그는 자신의 생활 태도를 '광기'라 칭하며 성실하지 못한 행동을 성실하게 평생 동안 행했다.

하지만 잇큐의 이런 모든 행동들은 불교의 경직된 경위를 비판하는 것으로 여겨지고 있으며 선종禪宗(내적 성찰에 의해 자기 심성의 본원을 연구하는 불교의 종파)의 정신 표현으로 평가받아 여러 사람의 존경을 받았다.

Leonardo da Vinci

▍레오나르도 다빈치 (1452년 4월 ~ 1519년 5월)

이탈리아에서 태어났다. 열네 살 때부터 화가 견습생으로 지냈으며 앙드레 데르 베로키오
Verrocchio에게 사사받았다. 사사받은 후로는 밀라노 공을 섬기면서 공방을 운영했다. 르네
상스를 대표하는 작품인 〈최후의 만찬〉〈모나리자〉등을 그린 것으로 유명하고 회화, 조각,
건축, 토목 등 폭 넓은 분야에서도 활동했으며 '만능 천재'라는 평을 받고 있다.

Leonardo da Vinci

거 울 문 자

다빈치는 많은 메모를 남겼는데 그 양은 놀랍게도 5만 페이지나 된다. 메모에는 회화나 건축의 아이디어는 물론이고 가계, 인간관계 같은 사소한 것까지 기록되어 있다. 그는 한시도 메모장을 몸에서 떼어놓는 일이 없었고 무엇이든 생각나면 바로 적는 대단한 메모광이었다. 그런 다빈치가 남긴 메모에는 매우 흥미로운 점이 있다.

바로 '거울문자'로 적혀 있다는 것이다.

거울문자란 반전시켜서 쓰여진 문자를 말한다. 거울에 비추어야 또는 종이를 뒤집어야 비로소 바르게 읽을 수 있는데 다빈치는 항상 이 거울문자를 사용했다고 한다. 그렇다면 왜 그렇게 번거로운 방법으로 문장을 썼을까? 거기에는 여러 가지 설이 있다.

우선 남이 읽지 못하게 하고 싶다는 설.

분명히 언뜻 보기만 해서는 무엇이 적혀 있는지 모른다. 그러나 그것이 '거울문자'라는 걸 알면 곧 읽히고 만다. 정말로 읽히고 싶지 않았다면 암호로 썼을 것이다.

다음에 인쇄하여 출판하기 위해서라는 설.

인쇄하려면 글자를 반전시켜서 판에 전사해야 한다. 다빈치는 처음부터 인쇄할 것을 생각했고 그래서 거울문자를 사용한 것은 아닐까? 그러나 다빈치는 평생 동안 책을 출판한 일이 없었기 때문에 인쇄 목적은 아니라고 여겨진다.

그 외에도 다빈치가 이른바 학습장애라 잘 쓰려고 하면 글씨를 반대로밖에 쓸 수 없었다는 설이 있다. 다빈치가 남긴 대량의 거울문자가 극히 자연스러웠던 것을 볼 때 부정할 수는 없는 일이지만 결정적인 증거가 발견되지 않았다.

다빈치는 왜 거울문자를 썼을까? 그 진상은 아직까지도 밝혀지지 않고 있다.

위풍 당당한 자기 추천서

레오나르도 다빈치의 〈최후의 만찬〉, 〈모나리자〉 등은 매우 유명한 그림이다. 깊이 있는 그 화풍을 보면 작가인 다빈치에게도 유연한 이미지를 갖기 쉬운데 실제 다빈치는 꼭 그렇지만은 않은 인물이었다.

다빈치는 30대에 밀라노 공 루도비코 스포르차를 섬기면서 자신의 공방을 열었는데 밀라노 공에게 보낸 '자기 추천서'가 매우 흥미롭다. 그 내용을 잠깐 보도록 하자.

"총명하신 각하, 저는 무기의 명장이나 제작자를 자처하는 모든 사람들의 시도를 빈틈없이 관찰하고 검토하였는데 그들의 발명이나 장치의 기능이 일반적으로 사용되는 것과 그다지 다르지 않다는 것을 알아냈습니다. 그래서 저는 다른 사람에게는 비밀로 하고 각하 한 사람에게만 저의 여러 가지 비책을 알려드리고 싶습니다."

뜻밖에도 팔고 있는 것이 그림이 아니라 무기다. 게다가 아주 자신만만하다. 과연 그 비책이란 무엇일까.

'튼튼하고 방어에 능하며 공격력이 좋은 전차를 만들 수 있는 방법'

'폭풍 같은 산탄을 날리는 대포를 만드는 방법'

'난공불락의 성을 만드는 방법'

'소리를 내지 않고 비밀 굉도를 만드는 방법'

마치 '편히 살을 빼는 다이어트'와 같아 보인다. 분명히 이런 것이 손에 들어오면 전력이 크게 상승할 것 같긴 하지만 과연 다빈치가 이런 것들을 만들수 있었을까?

사실 다빈치는 뛰어난 화가일 뿐만 아니라 뛰어난 과학도
이기도 했다.

자전거와 자동차, 잠수함을 발명했는가 하면 비행장치와
물 위를 걷는 신발, 각종 무기류도 발명했다. 비록 그가 가
장 성공하고 싶어했던 비행 장치는 실험이 실패로 돌아가고
말았지만 당시 그의 이론과 기술은 시대를 앞서 나가는 획
기적인 것임은 분명했다.

그래서 그런지 이 추천서는 아주 자신만만하다. 이 추천
서 끝에 덧붙여진 '누구에게도 뒤지지 않는 회화 제작 실
력'을 포함해서 말이다.

불량소년을 계속 용서한 진상은?

레오나르도 다빈치는 평생 독신으로 살았고 그의 집에는
아름다운 소년들이 늘 드나들었다. 그러다 38세에는 '잔 자
코모 카프로티'라는 소년(당시 10세)과 아예 함께 지내게 되
었다. 그런데 이 소년은 훗날 '작은 악마'라고 불릴 정도로
심한 개구쟁이였다.

자코모는 함께 지내기 시작한 이튿날에 다빈치가 자코모
를 위해 준비한 양복 대금을 훔쳐냈다. 그런데 다빈치는 크

게 야단치는 대신 '느닷없이 훔치지는 마라' 고 소리를 지르는 것으로 상황을 마무리 지었다. 또 자코모는 식사를 할 때면 다빈치의 몫까지 먹으려 하고 음식을 엉망으로 흘렸다. 짓궂은 장난 같은 것은 다반사였다고 한다. 뿐만 아니라 다빈치가 알고 있는 것만 해도 자코모는 1년에 다섯 번의 절도를 했으니 마치 도둑을 돌보고 있는 것과 같았다. 그런데도 다빈치는 자코모를 내쫓지 않았다. 오히려 호사스런 양복과 구두를 사 주고 20년 넘게 함께 살았다.

다빈치는 1519년에 67세의 생애를 마쳤는데 그의 유언장에는 '밀라노에 소유하고 있던 정원의 절반과 거기에 있는 가옥을 자코모에게 물려준다' 고 적혀 있었다. 이 유언장을 보면 죽는 그 순간까지 자코모를 사랑했다는 것을 살필 수 있다.

그렇다면 왜 다빈치는 자코모를 곁에 두었을까? 그리고 처음부터 다빈치가 그를 받아들인 이유는 무엇이었을까? 자코모가 다빈치에게 그림을 배운 적은 없는 것 같은데 과연 자코모는 제자일까, 모델일까, 아니면 그냥 단순한 잡일을 도와주는 사람일까?

다빈치와 자코모의 관계의 힌트가 될지도 모르는 에피소드가 있다. 그것은 다빈치가 자코모를 떠맡기 전, 24세 때

일이다. 그는 익명의 인물로부터 고발을 당했는데 그 죄상
이라는 것이 '남색행위' 요컨대 동성애다. 당시의 이탈리아
에서는 동성애 행위를 '신과 자연과 인간에게 어긋나는 죄
악'으로 여겼고 발각되면 엄한 형벌에 처했다. 다빈치는 증
거 불충분으로 처벌은 받지 않았지만 두 번이나 동성애 죄
로 고발된 일이 있었다.

'작은 악마'라 불린 자코모.

그는 성격과는 정반대로 곱슬머리에 고운 얼굴을 가졌다
고 한다.

하지만 다빈치는 그저 자코모를 바라보고 돌보는 것에 그
쳤으며 직접적인 동생애 행위는 하지 않았다고 전해지고 있
다. 아마도 그는 아름다운 소년을 마음으로 사랑하는 것에
만족했던 것은 아니었을까.

Socrates

소크라테스 (기원전 469년 경~기원전 399년 4월)

그리스 아테네에서 태어났으며 펠로폰네소스 전쟁 델리온 전투에서 중장비 보병으로 종군했다. 전쟁 후에는 윤리와 덕을 추구하는 철학자로서 살며, 아고라나 경기장 등 사람이 많이 모이는 장소에서 '진리란 무엇인가'에 대해 연설하였다. 소크라테스 자신의 저작은 없지만 제자 플라톤이나 역사가인 크세노폰의 저작을 통해서 그의 사상이 전해지고 있다.

Socrates

사람들에게 함부로 말을 건다

소크라테스는 못생긴 남자였다.

두꺼운 입술에 큰 눈망울을 뒤룩거리는 눈. 낮은 코는 돼지처럼 위를 향해 있었다. 머리가 벗겨졌을 뿐만 아니라 뚱보이기도 했다. 키가 175센티미터였기 때문에 작진 않았지만 이것만으로도 못생긴 남자의 조건이 충분했다. 얼굴이 못생겼으면 하다못해 옷이라도 잘 입어야 하는데 옷은 한 벌밖에 없었고 신발은 신지도 않았다. 그나마 분위기라도 있었으면 나았겠지만 걸음걸이가 실룩 샐룩거리는 오리와 같아 분위기를 낸다는 것은 불가능했다.

이런 소크라테스가 알지도 못하는 거리의 사람들에게 차례로 말을 걸었다. 그런데 상대는 불쾌하게 생각하기는커녕 소크라테스의 화술에 깊이 끌렸다고 한다. 그 매력에 사로잡힌 메논은 소크라테스에 대해 이렇게 말했다.

"만약 농담을 해도 괜찮다면 당신은 얼굴 생김새뿐만 아니라 다른 점에서도 시끈가오리를 많이 닮았다고 하고 싶어요. 그 생선은 자신을 만지는 사람을 마비시키는데 나는 영혼도 입술도 전부 마비되어 버렸습니다."

사람들은 외모가 전부는 아니라고 말하지만 느닷없이 말을 건다면 외모가 중요한 요소다. 하지만 소크라테스는 그 불리한 조건을 떨쳐버릴 만한 유머와 붙임성을 가지고 있었던 것이다.

'무지의 지'를 발견한다

소크라테스에게 반한 것은 메논뿐만 아니라 제자인 카이레폰도 마찬가지였다.

어느 날 카이레폰은 아폴론 신을 모시고 있는 신전으로 갔다. 당시의 그리스인들은 어떤 곤란한 일이 있으면 무녀에게 계시를 받으러 가곤 했다.

카이레폰은 꼭 묻고 싶었던 질문을 했다.

"이 세상에 소크라테스 이상의 지혜를 가진 자가 있을까요?"

무녀는 이렇게 대답했다.

"소포클레스Sophocles(고대 그리스의 3대 비극 시인)는 현명하다.

에우리피데스Euripides(고대 그리스의 3대 비극 시인)는 더욱 현명하다. 그러나 소크라테스는 만인 중에서 가장 현명하다."

소포클레스와 에우리피데스 두 사람은 이름을 널리 떨친 비극 시인이었는데 그들보다 현명하다는 것이다.

카이레폰은 단숨에 돌아와 소크라테스에게 이 사실을 알렸다. 그는 소크라테스가 기뻐할 거라 생각했었는데 소크라테스는 반대로 이것저것 생각하며 괴로워했다.

"그런 말도 안 되는 소리가 어디 있나. 나보다 현명한 자가 있을 거다."

소크라테스는 자신이 가장 현명한 사람이 아니라는 것을 증명하기 위해 여러 사람을 찾아다녔다. 그러나 모두 그럴싸한 말은 하지만 도저히 현명하다고는 생각할 수 없었다. 왜냐하면 누구 한 사람도 무엇이 진리인가를 대답해 주지 않았기 때문이다. 그리고 그것은 소크라테스 자신도 몰랐다. 그렇다면 결국 현명한 자 따위는 없지 않은가…… 그런 식으로 생각하고 있는 사이 소크라테스는 결론에 다다랐다.

'무엇이 제일 소중한가, 무엇이 진리인가 라는 것에 대해서 나도 그들도 모두 모른다. 모른다는 것은 똑같다. 그런데 그들은 알고 있다고 생각하고 있다. 그러나 나는 모른다는 것을 자각하고 있다. 그렇다면 나는 자신의 '무지'를 알고

있다는 점에서는 그들보다 현명한 사람인 것 같다'

이것이 바로 소크라테스가 주장한 것으로 유명한 '무지의 지'이다.

지식인에게 창피를 주다

소크라테스는 그럴싸한 연설을 하고 있는 정치가나 지식인에게 찾아가서 이런 것을 물었다.

"죄송합니다. 지금 말씀하신 '올바르다'는 것은 어떤 의미입니까? 어떤 것을 '올바르다'고 하는 겁니까?"

머리 나쁜 체하고 본질적인 질문을 하는 소크라테스. 상대가

"그것은 모두가 행복해지는 거라네."

라고 말하면

"'행복'이란 무엇입니까?"

하고 되물었다.

'행복이 무엇인가'라는 질문에 주저 없이 대답할 수 있는 사람은 많지 않다. 가령 대답했다 해도 또 다른 질문이 날아왔으니 질문공세에서 빠져나가기란 쉽지 않은 일이었다. 말이 막히면 소크라테스는 이렇게 단언했다고 한다.

"대답할 수 없다면 당신은 그것에 대해서 모르는 거군

요."

이런 소크라테스 덕분에 대중 앞에서 창피를 당한 사람도 많았다고 한다.

이에 비해 소크라테스 자신은 의견을 말하지 않으니 상대로서는 반론할 여지가 없었다. 소크라테스는 논리를 펴는 것보다 질문을 통해서 이렇게 '무지의 자각'을 조용히 주장한 것이다.

너무 설교해서 사형당하다

길가는 사람을 잡아 세우고 자신의 철학을 주입시키는 소크라테스. 아무래도 왕은 그가 못마땅했던 모양인지 '소크라테스가 청년들을 타락시키고 있다'고 하며 별안간 재판에 회부했다

그런 긴급 사태에서도 소크라테스는 당황하지 않았다. 결코 자신의 죄를 인정하지 않았고 오히려 사회에 공헌하고 있다고 주장했다. 그 마음을 모르는 바 아니지만 유감스럽게도 상대가 너무 강력했다. 여기서 굽히고 한 마디 사죄라도 했으면 유죄가 되는 일은 없었을지도 모르지만 소크라테스는 배심원들 앞에서 이렇게 말했다.

"나는 사형 받기는커녕 성찬을 대접받아야 한다."

이런 소크라테스의 발언을 들은 배심원들은 소크라테스에게 놀랍게도 '사형'이란 판결을 내렸다. 소크라테스를 사랑하는 친구들은 '도망치십시오' 하고 권했지만 소크라테스는 단호히 거절했다. 도주하는 것은 자신의 사명에서 도망치는 것과 같다고 하며 완고하게 자리를 지켰던 것이다.

소크라테스 최후의 날.

소크라테스는 자신을 사랑해 주는 친구들과 즐거운 한때를 보냈다. 논의를 하고 담소를 나누었으며 평소와 같이 밝은 표정으로 행동했다. 그런 소크라테스를 보고 있던 친구들이 넋을 잃고 슬퍼한 것도 무리가 아니었다.

저녁이 되자 사형에 사용되는 독이 든 인삼 즙을 차라도 들이키듯이 벌컥 들이마셨다. 소크라테스는 잠시 걸어 다니며 몸에 독이 돌기를 기다렸다. 그리고 침대에 누워서 이렇게 말하고 생을 마쳤다.

"아스클레피오스 신(의술의 신)에게 닭을 제물로 바치는 것을 잊고 있었다. 잊지 말고 바쳐 주기 바란다."

Immanuel Kant

┃임마누엘 칸트 (1724년 4월~1804년 2월)

독일에서 태어났다. 케니히스베르크 대학을 졸업한 후, 가정교사를 하면서 집필 활동을 했다. 46세 때 케니히스베르크 대학에서 철학교수로 초빙 받아 철학, 지리학, 자연학, 인간학 등을 강의했다. 〈순수이성비판〉〈실천이성비판〉〈판단력비판〉의 세 비판서를 발표하여 비판 철학을 제창했다. 만년에는 케니히스베르크 대학 총장을 역임했다.

Immanuel Kant

마음에 걸리는 학생이 있으면 넋을 잃어

글을 쓰며 교사로 근무하던 칸트는 46세 때 케니히스베르크 대학에서 철학교수로 초빙 받아 72세까지 교수로 지냈다.

그는 철학 외에도 여러 강의를 담당하고 있었는데 개중에서도 인간학이나 자연지리학 강의는 대인기였다. 청강생이 현관과 옆 교실에까지 넘쳐 목소리가 작은 칸트의 말이 먼 좌석까지 들릴 수 있도록 강의실 안은 물 끼얹은 듯 조용했다고 한다. 휴강은 물론, 지각조차 하지 않았던 성실한 칸트였지만 강의 중에 갑자기 강의를 중단하고 방심 상태가 되어버리는 때가 종종 있었다.

이상하게 생각한 학생이 칸트에게 무슨 일인가 하고 묻자 그는 이렇게 대답했다.

"바로 앞에 앉아 있던 한 청강생의 상의 단추가 떨어져 있었기 때문에 생각이 중단되었다. 본의 아니게 눈과 생각이 그 틈새에 끌려서 멍하니 있었던 거라네."

작은 일에 굉장히 신경 쓰는 사람이다. 칸트는 이런 일이 벌어질 때는 반드시 다음과 같은 비유를 들었다.

"어떤 사람의 이가 빠져서 틈새가 생기면 그 틈새만 보고 있는 법이다."

사람의 치아에 김이 붙어있으면 묘하게 신경 쓰이는 법인데 그것과 같은 이치일까?

단조로운 일상을 좋아했다

칸트는 무섭도록 규칙적인 생활을 했다.

우선 어떤 계절이라도 매일 아침 5시에 기상해 서재에서 홍차를 두 잔 마시고, 담배를 피웠다. 그 다음 7시부터 9시까지는 강의를 했고 점심시간까지 글을 썼다. 오후 1시가 되면 점심식사를 했다. 칸트는 하루에 한 번 점심식사밖에 하지 않았는데 오후 4시까지 계속되는 점심식사에 친구를 초대할 때도 많았다고 한다.

식사가 끝나면 산책 시간이다. 회색 양복에 지팡이를 들고 가로수 길을 4번 왕복했다. 비가 오든 바람이 불든 빠뜨리는 일이 없었다. 산책하는 그의 모습을 보고 시계를 맞추기도 했다는 일화가 있을 정도로 정확했다.

산책 중에 아이디어가 많이 떠올랐는지 저서 《순수이성비판》의 핵심을 그때 구상했다고 한다. 산책 후에는 밤 10시까지 자유롭게 보냈다. 이 시간에 칸트는 독서와 집필에 힘썼다고 한다. 그리고 10시에는 반드시 잠자리에 들어가고 이튿날 또 5시에 일어났다. 파자마를 벗는 순서도 정해져 있으며 잘 때는 나이트캡을 착용했다. 칸트가 나이트캡을 쓴 모습을 상상하면 제법 귀엽다. 겨울에는 나이트캡을 두 겹으로 하여 뒤집어썼다. 그것도 역시 정해져 있었다.

이렇게까지 규칙적인 칸트인데 단 한 번 산책을 게을리한 적이 있었다. 독서에 열중하다 잊어버린 것이다. 그 책이란 루소의 《에밀》인데 완고한 성격의 칸트가 자신을 잊어버릴 정도로 재미있었던 모양이다.

칸트는 평생을 통해서 케니히스베르크 거리에서 한 걸음도 나가지 않았다. 오로지 단조로운 생활을 되풀이하기를 좋아한 것이다.

코 로 만 숨 쉰 칸 트

신장이 153센티미터밖에 안 되는 작고 허약한 체질이었던 칸트는 이상할 정도로 건강에 마음을 썼다. 건강에 있어서도 칸트는 자기만의 독특한 이론이 있었다. 그는 맥주를 싫어해서 누군가가 죽을 때마다 '틀림없이 맥주를 마셨을 거야'라고 말했다. 독일은 맥주가 유명한 나라로 대부분의 독일 사람은 맥주를 마시고 있었을 테니까 그 말 자체는 틀린 게 아니다. 하지만 맥주를 마시지 않았다고 해서 꼭 건강하란 법은 없으니 칸트의 말은 약간의 과장이 있다.

그런 칸트의 궁극적인 건강법이라고 하면 '코로만 숨을 쉰다'는 것이다. 칸트의 이론에 의하면 입으로 하는 호흡은 폐를 차갑게 하여 류머티즘에 걸린다는 것이다. 그렇다면 코가 막혔을 때는 어떻게 숨을 쉬었을까?

또 '나의 개인적인 적은 전기電氣다'라고 하며 고양이가 죽었을 때는 전기에 원인이 있다고 여겼다. 그리고 방의 온도는 항상 14도에 맞추도록 하인에게 분부했다. 플러스 마이너스 1도 정도의 오차는 허용한 모양이지만 상당히 예민하다. 만사가 이런 식이어서 스트레스로 술을 마신 하인도 있었을 정도였다. 그러면 칸트는 하인을 깨끗이 해고했다고 한다.

유 리 를 좀 처 럼 묻 지 못 하 다

칸트는 지나치게 신경을 쓰는 면이 있었다.

어느 날 하인이 실수로 와인글라스를 깨뜨렸을 때의 일이다. 칸트는 하인에게 조심해서 유리 파편을 줍게 하고 이렇게 말했다.

"하인에게 맡기지 않고 내가 직접 유리를 묻고 싶다."

그리고 곡괭이를 들고 밖으로 나갔다. 어슬렁거리며 유리를 묻을 장소를 찾는 칸트에게 주위 사람들이 '여기가 어떻습니까?' 라고 말해도 '여기는 언제 누가 상처 입을지 몰라' 하며 좀처럼 정하지 못했다. 검토에 검토를 거듭하여 겨우 묻을 장소를 정한 칸트는 주위 사람들의 입회 하에 구덩이를 파고 유리를 땅 속 깊이 묻었다.

친절하다고 할까, 너무 신경 쓴다고 할까? 유리 조각에 상처 입은 사람은 없었을지 모르지만 함께 있던 사람들은 분명 지긋지긋 했을 것이다.

이것으로 충분하다

칸트는 80 평생을 독신으로 지냈다. 두 번 정도 결혼할 기회가 있었지만 너무나 생각이 많은 나머지 결혼 결정에 신중에 신중을 기했고 여인들은 기다리다 지쳐 다른 남자와 결혼하고 말았다.

평생을 규칙 속에서 자신을 절제하며 살았던 칸트는 죽기 직전에 제자에게 포도주를 청해서 몇 잔 마신 후 이렇게 말하고 세상을 떠났다.

"이것으로 됐다(Es ist gut)."

*Michelangelo-
Buonarroti*

미켈란젤로 부오나로티 (1475년 3월~1564년 2월)

이탈리아 피렌체 공화국에서 태어났다. 어렸을 때부터 회화나 조각에 흥미를 보였고 열세 살 때 도미니코 기르란다이오Dominico Ghirlandaio의 제자로 들어갔다. 조각품으로 〈피에타〉 〈다윗 상〉 등의 걸작을 남겼다. 파티칸의 시스티나 성당의 천장 벽화를 그린 것으로도 유 명하며 레오나르도 다빈치, 라파엘로와 더불어 르네상스 3대 거장 중 한 사람이다.

Michelangelo-Buonarroti

수정하지 않고 작품을 완성시키다

미켈란젤로의 유모는 석공의 아내였다. 그 유모는 미켈란젤로를 돌보며 아이가 조각가로 대성할 것 같다는 예감이 들었다고 한다.

미켈란젤로 자신도 이와 같은 말을 남겼다.

"만약 내가 뛰어난 재능을 타고났다면 내가 유모의 젖에서 조각을 파는 끌이나 쇠망치를 빨아먹었기 때문일 것이다."

그런 미켈란젤로가 조각가가 되는 것은 지극히 당연한 일이었을 것이다.

어느 날, 피에로 소데델리니 장관이 미켈란젤로에게 의뢰한 상像의 진척 상황을 보러 왔다. 상을 본 소데델리니는 코가 너무 높은 것이 마음에 걸려 그 불만을 미켈란젤로에게 말했다.

그러자 미켈란젤로는 그 즉시 코 부분에 끌을 대고 움직이며 이렇게 이야기했다고 한다.

"이번에는 어떻습니까?"

"아주 잘 됐네. 이제 생기가 넘치는군."

과연 천재 미켈란젤로다, 고객이 주문한 대로 눈 깜빡할 사이에 수정했다……고 말하고 싶지만 사실은 그렇지 않았다. 미켈란젤로는 끌을 움직이면서 석회 분말을 떨어뜨린 것일 뿐 코를 깎기는커녕 일체 만지지도 않았던 것이다. 발판에서 내려왔을 때 미켈란젤로는 은밀히 웃었다고 한다.

조카 돌보기를 이상하게 좋아했다

미켈란젤로는 조카 레오나르도를 매우 소중히 여겼다. 단지 귀여워한 것만이 아니라 때로는 엄하게 꾸짖으며 아버지처럼 돌봐주었다. 거기까지는 좋았다. 그런데 조카를 너무 아낀 나머지 조카의 결혼 상대에게 조금 지나친 주문을 했다.

"남자와 여자의 나이 차이는 10살 정도여야 한다. 선량할 뿐만 아니라 건강해야 한다. 좋은 혈통을 지녀야 하니 여자의 양친을 잘 살펴야 한다. 미인인가 아닌가는 네가 피렌체에서 제일가는 미남이 아니니까 불구자나 추녀가 아닌 이상 마음 쓰지 않는 것이 좋다."

까다로운 신붓감 조건이 아닐 수 없다.

그런데 놀라운 것은 조카가 자신의 결혼 상대 고르기를 미켈란젤로에게 맡겨 버린 사실이다. 그 이유가 미켈란젤로의 눈을 신뢰해서 그런 것이 아니라 유산이 목적이었다고도 전해지고 있다. 조카는 미켈란젤로의 마음에 들지 못하면 유산을 받기 어렵다고 생각한 모양이었다. 까다로운 미켈란젤로가 조카의 결혼 상대를 고르는데 6년이나 걸렸으니 유산을 물려받는 것도 쉽지 않은 일이다.

조카며느리 고르는 것에 신중했던 미켈란젤로는 평생 독신으로 지냈다.

교 황 도 두 렵 지 않 다

교황 줄리어스 2세에게 거대한 무덤 건설을 지시 받은 미켈란젤로. 그는 8개월이나 산 속에 묻혀서 대리석 채취 작업을 하고 있었다. 그런데 줄리어스 2세에게서 '갑자기 마음이 변했으니 추후 명령이 있을 때까지 대기하라'는 연락이 왔다.

놀란 미켈란젤로는 교황에게 지금까지의 비용이라도 지불해 달라고 말하려 했지만 문전 박대를 당해 만나는 것조차 불가능했다. 줄리어스 2세는 성품이 격한 고집쟁이로 유명했다.

그래서 미켈란젤로는 이런 말을 남기고 고향인 피렌체로 돌아가 버렸다.

"교황이 나를 찾으면 어디론가 가버렸다고 해라."

이 위세 당당한 자세에 위축된 교황은 곧 사람을 보내 미켈란젤로를 로마로 불러들이려고 했지만 미켈란젤로는 좀처럼 마음을 굽히지 않았다. 교황이 3번이나 요청했지만 꼼짝도 하지 않았다. 이에 당황한 것은 당사자인 미켈란젤로가 아니라 피렌체의 행정장관이었다.

행정장관은 미켈란젤로를 이렇게 나무랐다.

"미켈란젤로, 그대는 프랑스 왕도 감히 하지 못하는 짓을 했다. 피렌체는 그대 덕분에 멸망 위기에 처해 있다."

고향이 멸망 위기라는데 미켈란젤로도 굽히지 않을 수 없어 교황과 화해하기로 했다. 그런데 분이 풀리지 않았는지 미켈란젤로는 지금까지 쌓여 있던 불만을 교황에게 털어놓기 시작했다. 그 태도는 수행하고 있던 주교가 보기에도 어이가 없을 지경이었다. 주교는 교황에게 "장인이라는 사람이 예의도 모르고 말도 가려하지 못하니 실로 조잡한 자입니다"라고 말했다.

그런데 교황이 갑자기 화를 내면서

"썩 나가!"

하고 주교를 때려 내쫓았다고 한다.

교황을 상대로 한발도 물러서지 않았던 미켈란젤로. 그는 그로부터 2년 후에 줄리어스 2세로부터 그림을 의뢰받는데 그것이 바로 그 유명한 시스티나 성당의 천장벽화다.

작 업 이   끝 나 면   그 림 도   끝 난 다

미켈란젤로는 시스티나 성당 일로 교황과 다시 한 번 언성을 높이게 되었다. 미켈란젤로가 함께 일할 동료를 쫓아내어 일손이 부족해진 탓에 작업이 상당히 많이 늦어졌기 때문이다.

줄리어스 2세가 상당히 초조해하며

"언제 완성될 것인가?"

하고 묻자 미켈란젤로는 이렇게 대답했다.

"제 작업이 끝날 때입니다."

그야 그렇지만 보통의 배포로는 교황에게 할 수 없는 말이다. 미켈란젤로는 교황에게 의견을 굽히는 일 없이 담담하게 작업을 무려 4년 동안 계속했다고 한다.

1512년에 천장벽화는 무사히 완성되어 햇빛을 보게 된다. 그러나 미켈란젤로는 천장벽화를 그리기 위해 오랜 세월 얼굴을 위로 향하고 있었기 때문에 시력이 나빠졌다. 그 이후 미켈란젤로는 편지를 읽는데도, 뭔가를 바라보는데도 고생하게 되었다.

미켈란젤로가 시력과 바꿔 완성시킨 이 시스티나 성당의 천장벽화는 괴테로 하여금 이런 말을 자아냈다.

"인간이 얼마나 위대한 것을 이룩할 수 있는지 미켈란젤로의 대 벽화를 볼 때까지는 아무도 모를 것이다."

Alfred Bernhard Nobel

알프레드 노벨 (1833년 10월~1896년 12월)

스웨덴의 스톡홀름에서 태어났다. 화학자 소브레로가 발명한 폭약과 니트로 글리세린을 처음 실용화하는데 성공했으며 다이너마이트를 발명하여 특허를 취득했다. 다이너마이트가 전쟁에서 사용되었다고 해서 '죽음의 상인'이라고도 불린다. 노벨은 유전 개발로도 성공하여 막대한 재산을 남겼고 유언에 의해 과학이나 문학 등의 발전에 공헌한 사람에게 주는 '노벨상'을 설립했다.

Alfred Bernhard Nobel

위험천만한 다이너마이트 여행

노벨이 다이너마이트를 발명하고 특허를 취득한 이래 그의 공장은 연일 주문이 쇄도했고 몹시 바빠졌다. 그러나 그 정도로 만족하지 못한 노벨은 당시 큰 시장이었던 영국으로의 진출을 노리고 출장을 떠났다.

그 출장의 실상을 알고 보면 참으로 무시무시하다.

노벨은 폭발물을 트렁크에 가득 넣고 답답한 열차를 타고 이동했다. 마치 테러리스트처럼 폭약을 가지고 사람이 많은 열차에 탄 것이다. 개중에는 탑승을 거절당하는 경우가 있어 내용물을 숨기면서까지 여행을 해야 했지만 굴하지 않고 다이너마이트 여행에 전력을 다했다.

양식 있는 노벨이 법을 어기면서까지 여행을 한다는 건 어지간한 의욕이 아니고서는 할 수 없는 일이었다. 그는 당시의 상황을 이렇게 말하고 있다.

"일이 있으면 그곳이 내 조국이다. 나는 내가 일하는 곳에서 살고 나는 모든 곳에서 일한다."

노벨은 과학자이면서도 유능한 사업가요, 훌륭한 기업가이기도 했다. 그는 유럽 곳곳에 다이너마이트 공장을 세워 많은 돈을 벌었고 그의 공장은 많은 노동자들이 일하길 원하는 복지제도가 튼튼한 회사였다.

노벨은 '유럽에서 가장 부유한 떠돌이'라 불리며 폭약을 만들어 거래했고 많은 부를 쌓았다. 하지만 그는 애초에 다이너마이트가 전쟁에 쓰일 거라고는 예상하지 못했으며 건물 폭파나 탄광산업에 도움이 될 거라 생각하고 사업에 힘썼다고 한다.

기부금 공세에 괴로워하다

다이너마이트 여행에서 돌아온 노벨을 기다리고 있었던 것은 기부 공세였다. 노벨이 무사히 여행에서 돌아오자 책상을 덮을 정도로 많은 우편물이 기다리고 있었다. 편지와 파티 초청장 등도 있었지만 출중하게 많았던 것이 기부나 기증 요청이었다. 이 요청은 끊임없이 와서 누계하면 터무니없는 액수가 되었다고 한다. 노벨은 이렇게 투덜거렸다.

"선심 쓴다거나 관대하다는 평을 듣기보다 인색하고 욕심 많다는 비판을 받는 것이 훨씬 낫다고 생각할 정도로 무리한 기부 요청이었다."

노벨은 다이너마이트를 발명하고 막대한 부를 얻었지만 '세계를 돌아다니는 죽음의 상인', '인간의 모습을 한 악마' 라는 이름으로 신문에 보도되고 기부 요청에 시달리면서 사람을 점점 싫어하게 되었다고 한다.

악녀에게 돈을 바치다

노벨은 한평생 독신으로 지냈으며 연애 경력도 별로 없었다. 그러다 43세 때 꽃집에서 꽃을 파는 23살 연하의 소피 헤스를 만났고 그녀에게 푹 빠지게 되었다. 하지만 노벨은 소피 헤스와 20년 가까이 만나며 그 사랑에서 항상 손해만 보았다.

소피의 자기중심적인 성격은 대단했다. 또 낭비벽이 심해 노벨에게 염치없이 돈을 타낸 것이 헤아릴 수 없을 정도로 많았다. 하지만 더 많이 사랑하는 쪽이었던 노벨은 그녀에게 무려 218통의 편지를 보내며 헌신적으로 대했다. 그녀 쪽에서 보낸 편지는 양이 적을 뿐만 아니라 항상 성의 없게 갈겨 쓴 글씨였다. 또 노벨의 안부를 물을 때는 돈이 필요할 때뿐이었다.

소피는 노벨 부인으로 행세했고 고급 호텔에 여기저기 출입하면서 노벨을 곤란하게 하는 일도 있었다. 노벨이 편지로 소피를 '노벨 부인'이라고 가리키며 부추기기도 했지만 말이다.

결국 소피는 다른 남자와 아이까지 갖게 된다. 자기 하고 싶은 대로 하며 완전히 노벨을 무시하고 있는 것이다. 그 배신을 보고 노벨도 차츰 눈을 뜨는데 그래도 돈은 보내주었으니 참으로 어수룩한 사람이다. 바람을 피우다 발각된 후에도 소피는 노벨에게 돈을 보내달라는 편지를 계속 보냈다.

소피의 그 염치없는 금품 요구는 노벨이 죽은 후에도 계속되었다. 놀랍게도 노벨이 보낸 엄청난 양의 편지를 돈벌이로 이용한 것이다. 소피는 노벨 재단에 편지를 팔았는데 그때도 편지를 몇 번에 걸쳐 나누어서 주려고 했지 좀처럼 전부를 건네주려고 하지 않았다.

참으로 괘씸한 여자에게 걸려든 것인데 발표 된 편지에서 노벨이 희희낙락하게 '사랑하는 소피에게'라고 쓰고 있는 것을 보면 뭐라 할 말이 없게 된다.

▍살바도르 달리 (1904년 5월~1989년 1월)

스페인 카탈루냐의 피구에레스에서 태어났다. 마드리드의 산페르난도 미술학교를 다니며 달마우 화랑에서 개인전을 열어 관심을 불러일으켰다. 쉬르리얼리즘surrealism(초현실주의) 후기의 대표적 화가로서 작품으로는 〈기억의 고집(부드러운 시계)〉, 아내 갈라Gala를 모델로 한 〈포르트 리가트Port Lligat의 성모〉 등이 있다. 판화, 보석 디자인, 영화 등의 작업도 했고 기묘한 행동이 많아 당시 매스컴의 주목을 받았다.

Salvador Dali

폭언을 퍼붓고 퇴학당하다

달리는 미술학교에 다니면서 여러 가지 분쟁을 일으켜 경찰에 체포됐다. 직접적인 원인은 반정부 활동 혐의였다. 1개월 동안 감옥살이를 했지만 달리는 감옥 안에서도 의기소침해 하지 않고 글을 짓고 그림을 그려서 구류 중인 동료를 즐겁게 해주었다.

그는 석방된 후 대학에 복학했고 이때부터 화가로서 점점 인정받기 시작했다. 전시회 출품작이 조금씩 늘어나더니 스페인에서 최초로 열린 모더니즘 예술 전시회에도 작품을 내게 되었다. 또 달마우 화랑에서 첫 개인전을 열었다.

달마우 화랑은 현대 미술의 지도적 역할을 하고 있는 바르셀로나의 유명 화랑이었고, 달리의 개인전은 피카소에게 칭찬을 받으며 성황리에 마감을 했다.

이렇게 승승장구하던 달리는 1926년에 학교 구두시험에서 사고를 친다.

"미술사 중에서 한 가지 테마를 선택하여 토론하라."

달리는 다음과 같은 대답을 했다.

"거절하겠습니다. 이 학교에는 나를 평가할 능력 있는 교수는 한 사람도 없습니다. 나는 돌아가겠습니다."

교사를 모욕한 죄로 달리는 그만 퇴학당하고 만다.

인기 노리다가 질식사할 뻔하다

천재를 광인에 가까운 존재로 빗대어 말하는 경우가 있다. 달리는 천재적인 예술행위 보다는 기발한 행동으로 더 유명했다. 달리가 '천재로 보이고 싶다' 라는 계산 하에 이상한 행동을 한 적도 많지만 말이다.

그런 달리지만 이때만은 계산 밖이었던 것 같다.

1936년 런던에서 개최된 국제 쉬르리얼리즘 전시회에서의 일이다. 달리는 그 강연회장에 잠수복 복장으로 나타났다. 그것도 두 마리의 대형 사냥개를 끌고서 말이다. 달리가 그대로 단상에 올라 연설용 탁자 앞에 섰을 때 사건이 일어났다. 잠수복이 생각했던 것보다 무거웠던지 똑바로 서지못하고 연단에 엉거주춤 기대어 선 것이다.

어안이 벙벙해진 청중 앞에서 강연을 시작하는 달리. 그런데 수중 헬멧을 쓴 상태이기 때문에 무슨 말을 하고 있는지 사람들은 잘 알 수가 없었다. 조금 시간이 지나자 달리는 갑자기 손을 허우적거리기 시작했다. 일종의 퍼포먼스라고 생각한 청중들은 그 모습에 감동받았고 달리의 연출은 대성공인 것처럼 보였다.

그런데 사실은 그게 아니었다.

달리가 필사적으로 몸을 움직인 것은 볼트로 고정된 헬멧을 벗겨달라고 하는 신호였다. 그때 달리는 정말로 숨이 막혀 질식사하기 직전이었던 것이다. 달리의 상태를 청중 중 한 사람이 겨우 알아채고 당구 큐대를 사용하여 헬멧을 벗기려고 했다. 순식간에 장내는 아수라장이 되었고 끝내는 나사를 죄는 스패너를 사용해 헬멧을 벗기는데 성공하였다.

구출까지는 5분 정도 걸렸고 달리는 그 후 '어린 시절의 추억'이라는 강연을 시작했다고 한다.

매스컴 앞에서 연기하는 것을 좋아하다

달리는 미디어를 의식한 최초의 예술가라고 전해지고 있다. 자신이 쓴 〈천재의 일기〉에서는 이렇게 말했다.

"제복은 무언가를 정복하기 위해서 꼭 필요하다. 나는 일생 동안 서민의 의상을 입을 정도로 나를 깎아 내리지 않았다. 나는 언제나 달리라는 제복을 입고 있다."

달리의 트레이드마크인 긴 수염은 매스컴이 자신을 다루기 쉽게 하려고 설정한 희화화라고도 말할 수 있을 것이다. 1954년에는 그 수염에 관한 책도 냈다. 또 달리는 자신을 알리기 위해 텔레비전 인터뷰나 다큐멘터리 영화를 활용했고 방송에서 엉뚱한 일을 벌이기도 했다.

1956년 CBS방송에서 일어난 일이다. 달리는 인터뷰 때 방송의 구성을 변경하고 싶다고 말을 꺼내며 방송 중에 촬영 지휘를 본인이 직접 맡았고 방송은 순식간에 엉망이 되고 말았다. 사람들은 깜짝 놀랐지만 그 엉망이야말로 달리가 바라고 있던 것이었다. 달리는 그 상황을 이렇게 말했다.

"혼란이 제일, 우연은 창조성을 낳고 질서는 따분하다."

산더미 같은 현금

달리는 아내 갈라를 유일무이한 평생의 파트너로 사랑하였다. 그 사랑이 어찌나 컸는지 성모에 빗댄 종교화까지 그릴 정도였다. 갈라는 달리의 지배자적인 존재였으며 우수한 매니저이기도 했다. 달리가 천재로 인정받고 널리 알려진 것은 갈라의 아이디어 덕분이었다. 갈라의 도움으로 그는 성공 가도를 달렸으며 두 사람 앞에는 현금과 수표가 산더미처럼 날아 들어왔다.

달리는 텔레비전 CM에 15초 동안 출연해 1968년 당시 금액으로 1만 달러를 받을 때도 있었다. 연간 실수입은 5만 달러가 넘었으며, 자산은 1,000만 달러를 웃돌았다. 유명인이 된 후로는 거의 노력하지 않고도 돈을 벌 수 있었다.

어느 날, 두 사람은 호텔에 놓아 둔 트렁크 중 일부를 정리해 달라고 부탁했고 부탁받은 사람은 그 트렁크를 열어보고 깜짝 놀랐다. 그 속에는 수표와 지폐가 가득 들어 있었다. 돈을 마치 쓰레기처럼 취급하고 있었던 것이다.

달리는 어디를 가든 택시를 이용했고 거스름돈은 전부 팁으로 주며 호화로운 생활을 만끽했다고 한다.

천상벙

█ 천상병 (1930년 1월~1993년 4월)

일본 효고현에서 태어났다. 서울대학교 상대를 중퇴했으며 '문단의 마지막 순수시인' 또는 '문단의 마지막 기인奇人'이라 불렸다. 우주의 근원, 죽음과 피안, 인생의 비통한 현실 등을 간결하게 압축한 시를 썼다. 주요 작품으로 〈새〉, 〈귀천歸天〉 등이 있다.

천상병

천 원으로 즐기는 행복

"나 하늘로 돌아가리라 / 아름다운 이 세상 소풍 끝내는 날 / 가서, 아름다웠다고 말하리라."

이렇게 아름다운 시를 남긴 천상병 시인은 평생을 가난하게 살았고 순수했으며 주벽으로 유명했다.

천상병은 생전에 그의 지인들에게 항상 용돈을 달라고 말했는데 자신의 기준에서 생활이 어려운 친구에겐 오백 원, 그럭저럭 풍족한 친구에겐 천 원, 이천 원씩을 받아냈다.

그런데 이 기준이 몇 년이 지나도 바뀌지 않았다. 어려웠던 친구가 조금 형편이 펴져 천 원을 주려 하면 까불지 말라며 오백 원을 받아가는 것이다. 반대로 풍족했던 친구의 형편이 어려워져도 당당히 천 원을 받아가곤 했다.

사실 천상병의 입장에서야 살금살금 용돈을 받는 거라지만 돈을 주는 사람의 입장에서는 강탈과 다름이 없었다.

"천 원만 줘. 천 원도 없어? 이 사람 인심이 왜 그렇게 야박한가? 그깟 천 원이 아까워? 내 빠른 시일 내에 갚아 줄테니 천 원만 내놔봐."

"허허, 내가 죽으면 천국과 지옥의 갈림길에서 포장마차를 하고 있을 테니 오거든 지금 빌린 돈을 갚을 정도의 공짜 술을 주겠네."

과연 생전에 돈을 빌려가기만 했던 그가 사후에 돈을 갚을까? 그는 그곳에서도 천국과 지옥으로 향하는 사람들을 붙잡고 천진난만한 얼굴로 저승길 노잣돈을 내놓으라 졸라 댈 지도 모른다.

신기한 것은 그에게 돈을 준 사람들 모두가 전혀 기분 나빠하지 않고 오히려 즐거워하며 지갑을 열었다는 사실이다. 천상병은 자신이 문인으로 인정하거나 사랑하는 친구에게만 용돈을 달라 졸랐지 조금이라도 불편한 사람에게는 절대로 돈을 달라고 요구하지 않았다. 당시 문단에서 천상병의 손바닥을 구경하지 못한 사람은 그에게 사랑받고 있지 못하다는 증거와 다름없었다.

천상병은 천진한 얼굴로 웃으며 친구들에게 손바닥을 내밀었고 그의 요청을 받은 친구들은 흔쾌히 돈을 내주었다. 그리고 천상병은 이렇게 모은 돈으로 당당하게 후배나 동료

문인들에게 술을 사주어 덕분에 '로빈훗'이라는 별명으로 불리기도 했다.

시 인 세 를 받 다

'문단의 마지막 기인奇人'이라고 불리는 그도 애초부터 기인은 아니었다. 정해진 직장이며 숙소 없이 무위도식한 것은 사실이지만 그러는 동안에도 글을 쓰거나 번역을 해서 친구들 밥값과 술값을 내주기도 했다. 다만 수중에 돈이 없을 때는 상대를 가리지 않고 돈을 달라고 졸랐으며, 그것을 당연하게 생각한다는 점에서 남들과 크게 달랐다. 그는 돈을 얻을 때면 당당히 말했다.

"너는 내게 돈을 뺏겼다고 생각하겠지만, 너처럼 시도 못 쓰는 놈은 돈 좀 내놔도 돼."

말하자면 시인 자격으로 세금을 받겠다는 거였다.

천상병은 당당할 뿐만 아니라 말도 잘하고 순발력과 기지가 뛰어나 얻어먹는 자리에서도 늘 주인 행세를 했다. 몸이 튼튼해서 아무리 술을 마셔도 탈이 없었고 언제 어디서든 밥을 남기는 법이 없었다. 늘 술을 마시고 아무데서나 자는 데도 불구하고 쓸 글은 다 쓰는 그를 보며 친구들은 "저 속은 쇠로 된 모양이야"라고 말하며 혀를 내둘렀다고 한다.

아 이 스 크 림 으 로   아 들 을   사 다

지인들에게 천 원, 이천 원씩 적선을 받으며 가난하게 살던 천상병이지만 마음만은 여유롭고 풍요로운 사람이었다. 그런데 그런 그도 두 가지에 욕심을 부렸던 것 같다. 하나는 밤이 오면 작은 몸 하나 편히 뉘일 방이었고, 다른 하나는 사랑스러운 자식이었다.

천상병은 제주도 출신 쌍과부가 운영하는 술집에 가끔 드나들었는데 그곳에는 과부의 어린 아들 비룡이가 있었다. 어느 날 천상병은 비룡이가 손님 하나 없는 썰렁한 가게에서 혼자 노는 모습을 보았다. 그는 아이에게 아이스크림을 사주며 애원에 가까운 세뇌를 시작했다. "자, 내 말을 따라 해 봐. 내 아버지는 천상병이다. 나는 천상병 씨의 아들이다."

뒤늦게 들어온 과부는 아이가 아이스크림에 홀려 세뇌당하고 있는 것을 보고 기겁을 하며 천상병을 쫓아냈다. 그리고 그 후 아이를 어떻게 가르쳤는지 천상병이 보이면 비룡이는 얼굴에다 대고 냅다 소리를 질렀다. "천상병은 X새끼다."

천상병은 자신의 혈육도 아닌 아이에게 군것질거리를 사주고 욕까지 들어가며 아버지 소리를 듣기 바랐지만 안타깝게도 평생 자식을 보지 못했다.

전 기 고 문 을 받 다

천상병은 1967년 동백림東伯林 사건에 연루되어 감옥에 들어갔다.

동백림 사건이란 1967년 7월 8일, 중앙정보부에서 발표한 간첩단 사건이다. 당시 중앙정보부는 대한민국에서 독일과 프랑스로 건너간, 194명에 이르는 유학생과 교민 등이 동베를린의 북조선 대사관과 평양을 드나들고 간첩교육을 받으며 대남적화활동을 하였다고 주장하였다.

간첩으로 지명된 교민과 유학생들은 서독에서 중앙정보부 요원들에 의해 납치되어 강제로 송환되었다. 단지 베를린을 구경했던 것뿐인데 교민과 유학생들은 사형, 무기, 20년 징역의 엄청난 벌을 받았고 이 사건에 엉뚱하게도 천상병 시인이 연루되었다.

무슨 이유로 베를린에 갈 돈도 없는 그가 사건에 연루된 것일까? 그것은 그의 친구 때문이었다. 베를린 유학에서 돌아와 대학에서 강의를 하고 있는 대학 동기가 동백림 사건의 주모자 중 하나였던 것이다.

그즈음 천상병은 정보부 사람이 낀 술자리에서 가끔 "독일에서 공부하는 아이들은 동독을 드나들곤 한대!"하고 친구에게 들은 말을 꺼내곤 했다. 그때 정보부 사람이 대수롭지 않게 "우리나라니까 이렇게 오도 가도 못하게 하지 외국에서는 왔다 갔다 하는 거 일도 아냐!"라며 대꾸를 해주었다고 한다.

후에 천상병은 이런 말들이 문제가 되어 체포되었고 당시 술을 함께 마시곤 했던 정보부 직원은 천상병의 죄를 알고도 신고하지 않았다는 이유로 파면 당했다고 한다.

말 몇 마디 때문에 어처구니없이 정보부로 끌려간 그는 정보부에서 3개월, 교도소에서 또 3개월을 있다가 선고유예로 나왔다. 그의 몸은 극도로 쇠약해져 있었다. 20년이 지난 후에야 전기고문을 세 번 당했고 그래서 아이도 낳지 못하게 되었다는 고백을 한 것을 보면, 정보부 안에서 있었던 일을 아무한테도 얘기하지 않겠다는 각서를 썼던 모양이다.

첫 시집으로 유고시집을 내다

감옥에서 풀려난 천상병은 자신의 주무대였던 종로구 관철동 등지에서 자취를 감추었다. 아무리 수소문을 해도 행적이 묘연하자 그의 친지들은 그가 추운 날 거리에 쓰러져 저세상 사람이 된 것이 아닐까 추측했다. 그리고 시간이 지날수록 그 추측은 현실이 되어갔다.

시집 한 권 내지 못하고 세상을 떠난 친구를 안타까워하던 동료 시인들은 천상병의 유고시집을 내주기 위해 이리저리 전갈을 넣어 작품을 모으기 시작했다.

잡지에 흩어져 있는 작품 60여 편을 모았지만 시집 출간 비용을 조달하는 것이 쉽지 않았다. 그러다가 시인 성춘복이 그 시집을 내겠다고 나섰고 1971년 12월에 당시로서는 호화로운 천상병 시집《새》가 출판되어 세상에 나왔다.

시집 출간 소식이 신문이며 방송 등을 통해 알려지며 장안의 화젯거리가 되었던 어느 날 천상병이 살아있다는 소식이 날아들었다. 고문 후유증과 음주, 영양실조로 거리에 쓰러진 천상병을 경찰이 행려병자로 취급해 서울시립정신병원에 보냈던 것이다.

천상병은 버젓이 살아 있으면서 첫 시집을 '유고시집'으로 낸 유일무이한 시인으로 한국 문단에 기록되고 있다.

불에 탄 노잣돈으로 세상을 떠나

"저승 가는 데도 / 여비가 든다면 // 나는 영영 / 가지도 못하나?"(시 '소릉조' 중에서)라며 살아서 노잣돈을 걱정하던 천상병은 남들과는 다른 방식으로 노잣돈을 챙겨갔다.

천상병이 세상을 떠난 뒤 평생을 가난하게 살던 그가 정말 저승 노잣돈이 없는 건 아닐까 걱정한 지인들은 800만 원 가량의 부의금을 모아 주었다. 그 돈을 천상병이 "엄마야~"라고 부르던 장모가 맡게 되었다. 갑자기 들어온 큰돈을 어떻게 보관할까 궁리하던 장모는 아궁이에 돈을 넣어 두었다. 그런데 그만 천상병의 아내 목순옥 여사가 이 사실을 모른 채 아궁이에 불을 지펴 돈이 타버리고 말았다.

목 여사가 타버린 돈을 들고 한국은행에 가서 400만 원 가량 돌려받았다고 하니 결국 400만 원만이 천상병의 노잣돈이 된 셈이다.

문단의 기인으로 일생을 특이하게 살아왔던 천상병의 삶은 마지막 가는 길마저 하나의 일화가 되어버렸다.

▌디오게네스 ^(기원전 412년~기원전 323년)

흑해 남안의 시노베에서 태어났다. 환전상을 경영하는 아버지가 주화를 개조하는 범죄를
저지르는 바람에 국외로 추방당해 아테네로 가서 안티스테네스Antisthenes의 제자가 된다.
디오게네스는 큐니코스파의 사상을 실천하는데 힘썼으며 물질적인 쾌락을 버리고 거지와
같은 생활을 하였다. 큰 나무통 안에서 살았다고 해서 '나무통의 디오게네스' 또는 '개 같
은 디오게네스'라고도 불렸다.

Diogenes

근 성 으 로 제 자 가 되 다

디오게네스는 기발한 행동 때문에 '미친 소크라테스'라는 별명을 갖게 되었는데 실제로 소크라테스의 먼 제자이기도 하다. 소크라테스의 제자 안티스테네스의 문하에 들어갔기 때문이다.

사실 안티스테네스는 디오게네스를 제자로 받아들일 생각이 전혀 없었다. 굳이 디오게네스라서 이라기보다 제자 자체를 받아들이지 않기로 작정하고 있었던 것이다. 하지만 거절하고, 또 거절해도 디오게네스는 물러가지 않았다. 끈질기게 매달리는 바람에 화가 난 안티스테네스는 무심결에 디오게네스에게 지팡이를 휘두르지만, 디오게네스는 도망가기는커녕 머리를 내밀고 이렇게 말했다고 한다.

"부디 때려주십시오. 그 나무는 저를 내쫓을 정도로 단단하지 못합니다."

이렇게 하여 디오게네스는 안티스테네스의 제자로 들어가는데 성공한다.

나 무 통 속 디 오 게 네 스

디오게네스는 어느 날, 뛰어다니고 있는 쥐를 보고 깜짝 놀랐다. 쥐는 침상을 찾는 일이 없었다. 그리고 어둠 속도 무서워하지 않고 맛있는 것을 먹고 싶어 하지도 않았다. 오로지 뛰어다니고만 있었다. 그때 디오게네스는 '그렇다! 이것이야말로 지금의 내 상황을 타개하는 방법이다!' 라고 깨닫고 쥐처럼 아무것도 바라는 것 없이 살기로 결심했다.

쥐의 생활 방식에 강하게 공감한 디오게네스는 자신도 허술한 옷을 입고 식량을 담은 자루를 가진 채 거지처럼 지내게 되었다. 잠자리는 지인에게 오두막을 부탁해 마련하려고 했지만 좀처럼 마땅한 오두막이 없었다. 그렇다면 하고 생각한 디오게네스는 놀랍게도 큰 나무통 안에서 생활하기 시작했고, 그 이후로 그는 '나무통의 디오게네스' 라 불리게 되었다.

또 디오게네스는 여름이면 뜨거운 모래 위에 누워 데굴데굴 구르고, 겨울이면 눈으로 덮인 조각상을 껴안았다고 한다. 그가 왜 그런 행동을 했는지는 아무도 알 수 없었다.

디오게네스가 대왕에게 바란 것

알렉산더 대왕이 디오게네스가 살고 있는 코린토스에 방문했다. 기인 디오게네스의 평판을 알고 있던 대왕이 그를 보고 싶어 했지만, 디오게네스가 좀처럼 먼저 인사하러 오지 않았기 때문이다.

디오게네스가 나무통 안에서 좌선 자세로 사색에 잠겨 있었다……면 그런 대로 대왕을 맞이하는 모양새가 갖추어졌겠지만 실제로는 양지에서 유유히 볕쬐기를 하고 있었다.

많은 시종들을 거닐고 디오게네스 앞에 나타난 알렉산더 대왕은 이렇게 말했다.

"나는 알렉산드로스 대왕이다."

"저는 디오게네스입니다."

"너는 나를 두려워 하지 않는가?"

디오게네스는 되물었다.

"당신은 선한 사람인가요?"

"그렇다."

"그렇다면 내가 선한 사람을 왜 두려워하겠습니까?"

이에 감동한 대왕은 웃으며 이렇게 말했다.

"무엇이든 소원을 말해 보라."

대왕의 권력을 보여주고 싶었던 모양이다. 하지만 디오게네스의 소원은 소박했다.

"당신이 해를 가려 그늘이 지니 나에게 햇볕이 들어올 수 있도록 비켜 주십시오."

방해가 되니 비켜달라……. 당시의 대왕에게 그렇게 말한 것이다. 돌아오는 길에 대왕은 '만약 내가 알렉산더가 아니었다면 디오게네스가 되고 싶다' 라고 말했다고 한다.

여러 사람 앞에서 공개 자위행위

전철이나 버스 같은 공공장소에서 뭔가를 먹고 있는 젊은 이를 보게 될 때가 있다. 보고 있으면 그다지 기분 좋은 일이 아닌데 먼 옛날 기원전에 이 천재 철학자 디오게네스는 공공장소에서 음식을 즐겨 먹었고 이를 장려했다.

그는 '만약 식사하는 것이 이상한 것이 아니라고 한다면 광장에서 먹어도 이상할 것이 없다. 식사를 하는 것은 이상하지 않다. 고로 광장에서 먹어도 이상하지 않다' 고 주장했다.

억지 이론이라고 생각할 수도 있지만 이 정도라면 그래도 괜찮다. 디오게네스는 같은 이치로 사람들 앞에서 성 행위를 하는 것도 좋다고 한 것이다.

디오게네스는 광장에서 자위행위에 빠지는 일도 있었고 자위행위를 하면서 이런 말을 했다.

'배도 이런 식으로 마찰해서 배고픔이 가신다면 좋을 텐데'

사람을 지배하는 노예가 되고 싶다

디오게네스는 항해 중에 해적에게 잡혀 노예로 팔렸다. '무엇을 할 수 있나' 하고 묻자 그는 이렇게 대답했다.

"사람을 지배하는 것이다."

노예로서는 최악의 대답이다. 게다가 디오게네스는 훌륭한 옷을 걸친 부자 크세니아데스를 가리키며 이렇게 말했다.

"이 사람에게 나를 팔아주게. 그는 주인을 필요로 하고 있다."

자신을 살 사람까지 지정하고 있다.

그런데 그런 노예로서는 도움이 될 것 같지 않은 디오게네스를 크세니아데스는 돈을 지불하고 샀다. 그리고 자기 아들들의 교육 담당으로 채용했다고 한다. 디오게네스는 노예로 팔려갔다기 보다 가정교사 자리에 취직한 것이다.

디오게네스의 교육법

디오게네스가 크세니아데스의 아들들을 지도한 교육법은 다음과 같았다.

학업이 끝나면 승마, 활쏘기, 돌 던지기, 창 던지기 등을 시켰다. 또 일상생활에서도 '자신의 일은 스스로 할 것' '몸에 좋지 않은 식사를 했을 때는 물을 마실 것' 등의 여러 가지 주의를 줬다. 또 디오게네스 자신의 책을 포함하여 여러 분야의 책을 읽히고 기억법까지 전수하였다고 하니 상당히 성실한 가정교사다.

그런데 그 속에는 디오게네스다운 특별한 교육법도 있었다. 그것은 아들들의 머리를 짧게 깎고 길을 걷게 하는 것이었다. 이때는 속옷을 입는 것도, 구두를 신는 것도, 말하는 것도, 눈을 두리번거리는 것도 허용하지 않았다고 한다.

괴짜 가정교사 디오게네스는 그 집에서 지내다 죽었으며 크세니아데스의 아들들이 장사를 지내 주었다.

매장에 관한 디오게네스의 주문은 하나뿐이었다. 그것은 '얼굴을 아래로 해 달라' 라는 것으로 즉, 엎드린 자세였다. 왜 그렇게 하느냐고 묻자 디오게네스는 이렇게 대답했다.

"앞으로 아래에 있는 것이 뒤집어져서 위가 될 테니까."

이 말은 신분이 낮았던 마케도니아 사람들이 패권을 장악하는 것을 가리키는 거라고 한다.

Isaac

Newton

아이자크 뉴턴 (1642년 12월~1727년 3월)

영국에서 태어났다. 캠브리지 대학 트리니티 칼리지에 입학하여 약관 26세에 교수가 되었다. 자연과학자·수학자로 활약했고 자작 만유인력의 법칙을 발견, 뉴턴 역학을 창시했다. 또 미·적분법이나 반사 망원경의 발명, 광학에 있어서 빛의 스펙트르spectre 분석 등 수많은 업적을 남겨 근대화학 최고의 과학자 중 한 사람으로 꼽히고 있다.

Isaac Newton

멍하니 있는 촐랑이

뉴턴은 대학에 들어간 후 연구원으로 순조롭게 출세가도를 달리다 26세에 교수직에 올랐다. 입학한 지 불과 5년 만에 학생들을 가르치게 된 것이다. 뉴턴은 어떻게 이렇게 놀라운 스피드로 출세하게 되었을까. 그 밑바탕에는 '경이의 1년'이라고 하는 시간이 있었다.

뉴턴이 대학 3학년 때였다. 돌림병인 페스트가 크게 유행해 대학은 폐쇄해야 할 지경에 이르렀고 뉴턴은 고향으로 피신했다. 남들은 대학이 휴학했다고 얼씨구나 하고 노는데 천재 뉴턴은 지금이야말로 공부와 연구에 몰두할 시기라 여겨 열심히 공부에 임했다.

대학 강의를 듣는 것보다 충실했던 독학 기간은 1년 6개월에 다다른다. 이 시기에 뉴턴은 그가 평생 동안 이룬 대부분의 연구 성과를 올렸다고 하니 놀라운 일이 아닐 수 없다.

그 유명한 사과나무 에피소드도 이 무렵에 벌어졌다. 멍하니 사과나무를 보고 있는데 가지에서 사과가 떨어졌고 거기서 뉴턴은 중력의 존재를 알아낸 것이다.

뉴턴이 멍하게 있는 경향이 있었던 것은 틀림없는 것 같다. 계란과 착각하여 시계를 삶고 바지 입는 것을 잊고 관공서에 가기도 했다. 그리고 고삐 끝에 말이 없는 것을 깨닫지 못하고 언덕으로 올라가기도 했으며 심지어 불이 붙은 파이프 구멍에 조카의 손가락을 쑤셔 넣었다고 하는 난폭한 일화도 전해진다.

논쟁의 명인

뉴턴의 연구를 둘러싼 논쟁은 동료나 지인들 사이에서 끊이지 않았다. 그 중 유명한 것이 로버트 훅과의 논쟁이다.

뉴턴은 자신의 광학 이론을 런던의 왕립 교회에서 발표했다. 그러나 그 이론을 훅이 정면에서 부정해 버렸다. 훅은 '광학 이론은 이미 내가 생각한 것이다' 라고 말하고 뉴턴의 이론은 내용도 잘못되어 있다고 혹평했다. 두 사람의 광학 논쟁은 4년 넘게 계속되었다.

또 미·적분법의 발견에 있어서도 논쟁이 벌어졌다. 이번 상대는 라이프니츠였다. 두 사람은 서로 자신이 먼저 미·

적분법을 발견했다고 대립했다. 연대를 보면 미·적분법을 발표한 시기가 라이프니츠가 1684년이고 뉴턴이 1687년이니 라이프니츠가 먼저인 것 같지만 뉴턴은 고향에 있던 예의 '경이의 1년 6개월' 동안에 이미 미·적분법을 개발했다고 했다. 그것은 1666년경의 일이다. 아무래도 먼저 생각해낸 것이 뉴턴이고 그것을 사용하기 쉽게 한 것이 라이프니츠라는 것이 정설인 것 같다.

하지만 뉴턴은 라이프니츠가 자신이 생각한 미·적분법을 훔쳤다고 믿고 있었던 것 같다. 이와 관련한 분쟁은 서로의 후계자 대에 이르러서도 계속되었다.

하고 싶은 대로 다 하는 뉴턴 회장

뉴턴은 60세 때 왕립 협회 회장에 취임했다. 84세로 세상을 뜨기 전까지 회장 자리를 지켰는데 거의 자기가 하고 싶은 대로 운영을 했다고 한다. 회의를 규칙 투성이로 한다거나 독단적으로 건물 이사를 결정하거나 광학 논쟁을 한 훅의 초상화나 실험기구를 파괴하기도 하면서 마치 독재 군주같이 굴었다.

이런 뉴턴에게 가장 큰 피해를 입은 사람은 아마도 그리니치 천문대장을 역임한 것으로 알려진 플램스티드John

Flamsteed가 아닐까 생각한다. 자신의 저서 《프린키피아 Philosophiae naturalis principia mathematica》의 개정판에 달의 운동이론을 추가하지 않았던 뉴턴은 플램스티드에게 달의 관측 데이터를 요구했다. 그런데 제공된 데이터가 자신의 이론과 맞지 않았다. 그러자 뉴턴은 데이터를 보내오는 것이 늦다느니, 고의로 잘못된 데이터를 보냈다느니 하며 엉뚱한 화풀이를 하기 시작했다.

플램스티드의 수난은 거기서 끝이 아니었다. 그는 자신의 관찰기록을 정리하여 《천구도보》를 출판하려고 계획하고 있었다. 그런데 뉴턴이 새치기를 했다. 자기가 먼저 멋대로 왕립 교회 판인 《천구도보》를 내버린 것이다. 엎친 데 덮친 격으로 뉴턴이 낸 책의 기본을 이루고 있는 것은 플램스티드의 오래된 관측 데이터였다. 이에 실망한 플램스티드는 협회의 협력을 얻을 수 없다고 생각해 자비로 발간할 것을 시도하지만 생전에 출판은 이루지 못했고 그가 사망한 후, 부인의 손에 의해 겨우 플램스티드의 《천구도보》가 빛을 보게 되었다.

뉴턴은 플램스티드의 무엇이 그렇게 마음에 들지 않았을까? 원인은 한 혜성에 관한 견해 차이에 있었다고 한다. 1680년에 한 달 간격을 두고 나타난 혜성에 대해서 뉴턴은

'다른 두 개의 혜성'이라고 하였는데 플램스티드는 '동일 혜성이다'라고 반론한 것이다. 결국 플램스티드의 의견이 옳다고 뉴턴이 인정했지만 자존심에 상처를 입은 뉴턴은 그것을 계속 마음속에 가지고 있었던 것이다.

연금술에 빠져 수은에 중독되다

근대 물리학의 원조라 일컬어지는 뉴턴이지만 사실은 연금술에 푹 빠져 있었다. 연금술이란 철이나 동 등을 금으로 변화시키는 기술을 말하는 것으로 상당히 초자연적인 요소를 가지고 있다.

뉴턴이 연금술에 몰두하게 된 것은 25세 때부터이며 그때부터 많은 양의 연금술 관련 서적을 읽으며 연구했다. 연금술 연구에 소비한 시간을 따져보면 수학, 광학, 동력학 등 그 어느 것보다 길었던 셈이니 뉴턴이 평생을 통해서 가장 열심히 도전한 것은 바로 연금술이었다고 할 수 있다.

그런데 그 연금술이 뉴턴의 건강을 해쳤다. 당시의 실험에서는 완성된 것을 우선 핥아보는 것이 상식이었다. 때문에 뉴턴은 연금술에서 빈번히 사용하고 있는 수은을 대량으로 섭취하게 되었다. 한때 뉴턴은 정신 건강이 무척 나빴는데 그 이유가 수은 중독 때문이라고도 전해지고 있으며 뉴턴의 사망 후 채취한 머리카락에서는 고농도의 수은이 검출되었다.

그럼에도 불구하고 뉴턴은 오래 살았다. 미숙아로 태어나 주위 사람들은 그가 오래 살 수 없을 거라 걱정했지만 뉴턴은 고령이 되어도 더부룩한 머리카락과 튼튼한 치아를 잃어버리지 않고 천수를 다했다.

Charles
Spencer
Chaplin

찰리 채플린 (1889년 4월~1977년 12월)

영국 런던에서 태어났다. 영화감독 맥 세네트에게 스카우트되어 영화배우로 데뷔했고 1919년에 배급 회사 유나이티드 아티스트를 설립해 영화 제작 환경을 만들었다. 배우, 시나리오 작가 그리고 영화감독으로 많은 작품을 세상에 내놓았다. 바스터 키턴과 헤럴드 로이드와 함께 '세계 3대 희극 왕' 중의 한 사람으로 꼽힌다.

Charles Spencer Chaplin

화려한 데뷔

태어나자마자 바로 양친이 이혼한 채플린은 어머니 슬하에서 자랐다. 집안 형편이 너무 어려웠기 때문에 채플린은 빈민 구제원에 들어갔고 정규 교육도 받지 못했다.

채플린의 집안 형편이 어려웠던 이유 중 하나가 가수였던 어머니의 목 장애였다. 무대에서 노래하고 있는 도중에 목소리가 갈라지거나 심지어는 나오지 않게 되는 때도 있어 손님들로부터 야유가 끊이지 않았다. 채플린의 어머니는 그것 때문에 심한 신경 쇠약에 걸리기도 했다.

그날도 그랬다.

어머니의 목소리는 상태가 나빠져 중얼거리는 듯한 낮은 소리가 되어 버렸다. 그때 공연하던 곳은 손님 질이 나쁘기로 유명한 육군 훈련기지 극장이었다. 목소리가 나빠진 채플린의 어머니는 심한 욕설을 들었고 무대에서 물러나야 했다. 그러자 감독은 겨우 다섯 살 밖에 안 된 채플린을 그 대역으로 무대에 내보냈다. 감독은 채플린이 무대 뒤에서 여러 가지 재주를 부리며 어머니의 친구들을 즐겁게 해주던 것을 기억해낸 것이다.

갑자기 스포트라이트를 받게 된 채플린.

어린 그는 주눅 들지 않고 당시 유행하던 〈잭 존스〉를 노래하기 시작했다. 관객들은 이내 채플린의 노래에 빠지게 되었고 절반 정도 불렀을 때 무대 위로 돈이 날아왔다. 그러자 채플린은 노래 부르던 것을 멈추고 이렇게 인사했다.

"돈을 줍고 나서 다시 하겠습니다."

이 말에 극장은 열광의 도가니가 되었다.

그때 열심히 돈을 줍는 채플린을 감독이 거들어 주었다. 그런데 돈을 빼앗긴다고 생각한 채플린이 무대 옆으로 나가는 감독을 쫓아가서 폭소를 자아냈다. 채플린의 첫 무대는 이렇게 대성공으로 끝났다.

그 후로도 채플린은 노래하고 춤추며 어머니의 쉰 목소리 흉내까지 냈다고 하니 가히 천재적인 엔터테이너였다고 말할 수 있을 것이다.

개그를 하고 싶다

채플린은 용솟음치는 개그 아이디어를 아낌없이 영화 속에 활용했다. 그러나 센스 없는 편집 때문에 애써 만들어 놓은 개그가 잘려나가곤 했다. 채플린과 의견이 맞지 않아 종종 대립했다는 영화감독 헨리 레어만은 '채플린의 연기가 필요이상으로 지나치다'고 하며 편집을 지시했다고 하니 채플린이 볼 때는 안타깝기 그지없었을 것이다.

하지만 그렇다고 잠자코 있을 채플린이 아니었다. 편집자의 눈을 속이며 개그를 주입하는 방법을 생각해낸 것이다.

그는 이렇게 말한다.

"그들의 편집법이라는 것을 잘 알았기 때문에 등장하는 순간이나 퇴장하는 순간에 알맞은 개그를 넣었다. 이렇게 하면 대체로 잘라내기가 어렵다."

채플린은 개그에 대한 뜨거운 열정을 가지고 있었기 때문에 현상실이나 편집실에도 다녔으며, 거기서 편집하는 것을 보고 있는 사이 자신도 감독을 하고 싶은 욕구가 생겼다고 한다.

네 번의 결혼

채플린은 희극 왕인 동시에 결혼 왕이기도 했다. 결혼 횟

수는 놀랍게도 네 번이며 게다가 상대는 모두 10대의 여성이니 어찌 보면 참으로 부럽다. 그런데 결혼이 네 번이라는 것은 당연히 많은 이혼을 했다는 이야기다. 이혼할 때마다 거액의 위자료를 지불하는 것은 물론이고 아이 친권을 둘러싼 소송 문제도 있었다.

유명한 것이 두 번째 아내와의 이혼소송으로 까딱하면 갓 촬영한 영화 필름까지 압수당할 지경에 이르렀다. 그때 채플린이 백발이 되었다는 말까지 나왔으니 '돈'과 '명예'를 손에 거머쥔 채플린도 '결혼'에 관해서는 순조로웠다고는 말할 수 없다.

마지막 결혼은 54세 때 17세 된 위너 오닐과의 결혼인데 이 결혼에서 채플린은 안정을 찾는다. 40세 가까운 나이 차로 공통 화제가 있을까……, 라는 말을 하는 것은 필자의 질투심일 것이다.

Karl

Heinrich

Marx

칼 마르크스 (1818년 5월~1883년 3월)

독일에서 태어났다. 본 대학을 거쳐 베를린 대학에 입학. 예나 대학에 논문을 제출하여 철학박사가 되었다. 급진적 반정부 신문인 《라인 신문》의 편집장으로 일했지만 탄압으로 실직하여 파리로 갔다. 공산주의자 동맹에 가입하여 〈공산당선언〉을 발표한 후, 런던으로 망명했다. 저서 《자본론》으로 자본주의를 정의했고 마르크스주의의 창시자이며 혁명가이다.

Karl Heinrich Marx

향락의 대학생활

마르크스는 젊었을 때 몸이 약했으며 가슴의 병으로 병역도 면제되었다. 하지만 마르크스는 건강을 돌보기는커녕 줄담배를 피우고 술을 마셨으며 편식을 하고, 걸핏하면 밤을 샜다. 마르크스의 양친은 몹시 걱정하였고 특히 사소한 일에도 걱정하는 성미의 어머니는 본 대학 법대에 갓 입학한 마르크스에게 이런 편지를 보냈다.

〈너무 흥분하지 말 것, 와인도 커피도 너무 마시지 말 것, 자극이 있는 것은 입에 대지 말 것, 후추를 포함해서 향신료를 많이 먹지 말 것. 담배는 피우지 말 것, 밤샘을 하지 말고 아침 일찍 일어날 것, 감기 들지 않도록 조심하고, 몸이 회복될 때까지는 춤도 추지 말도록 해라.〉

사랑스러운 자식을 걱정하는 어머니의 따뜻한 마음이 느껴진다. 하지만 마르크스는 어머니의 걱정이 무색하게 1학년 때 '시인 클럽'에 가입하여 터무니없는 대학생활을 보냈다.

이 '시인 클럽', 이름만 들으면 문학적이고 조용한 인상을 받지만 실제로는 '될 수 있는 한 자주 술을 마시고 될 수 있는 한 야단법석을 떤다'라는 모토를 내건 클럽이었다. 마르크스도 그 모토에 충실해 한밤중에 술을 마시고 야단법석을 떨며 흥겨워했다. 그런데 야단법석이 도가 지나쳤는지 어느 날, 경찰에 잡혀 유치되었다. 게다가 그때 호신용 권총을 소지하고 있었기 때문에 하마터면 기소될 뻔했다.

클럽의 모토를 따랐을 뿐인데 경찰에게 야단맞다니 가련하다. 동료들은 그런 그를 위로하기 위해 또다시 술 마시고 노래하는 곳으로 데리고 갔다.

그는 음주가무를 하며 노는 것뿐만 아니라 프로이센 학생 조합과 분쟁이 생겨 결투를 하는 일도 있었다. 권총까지 등장했다고 하니 보통 문제가 아니다. 다행이 눈 위에 조그만 상처를 입는 정도로 끝났지만 그 소식을 듣게 된 아버지는 화를 버럭 내며 이렇게 말했다.

"결투라는 것이 공부와 관련이 있는 거냐?"

마르크스는 본 대학에서 전공인 법률보다 인문학 강의를 듣는 것을 더 좋아했으며 공부보다는 학생운동과 노는 것에 더 주력했다. 이를 지켜보던 아버지는 마르크스의 장래를 염려해 전학을 권유했고 마르크스는 아버지의 뜻을 따라 베를린 대학으로 옮겨 역사와 철학을 공부하게 되었다.

수염은 너무 중요합니다

천재라 일컬어지는 사람들은 독특한 헤어스타일을 하거나 수염을 기르고 있는 경우가 많다. 그래서 절대로 직장에 근무하는 사람이 아니라는 인상을 심어준다.

마르크스에게도 바로 그런 개성이 있었다. 마르크스는 사자 갈기처럼 어찌 보면 더럽다고 느껴질 만큼 덥수룩한 머리와 수염을 기르고 있었다. 이런 스타일의 소유자를 보면 연구에 몰두한 나머지 세상과 등진 사람이 떠오른다. 하지만 마르크스의 속사정은 달랐다.

그는 공동 연구자이며 친구인 엥겔스와 더불어 한 정치 잡지에 수염에 대해서 이와 같이 썼다.

"수염 없이는 어떠한 선구자도 성공할 수 없다."

그렇다, 그는 '성공하기 위해서' 수염을 기르고 있었던 것이다. 수염이 성공의 열쇠를 쥐고 있다고 생각한 모양이었다.

그의 친구인 엥겔스는 여동생에게 이런 편지를 보냈다.

〈10월 25일은 우리들이 콧수염을 기르기 시작한 지 꼭 한 달이 되는 날이다. 그날 수염 기념제를 열 계획이다.〉

마치 극단의 콩트 같다.

돈 빌려달라고 조르는 경제학자

마르크스라고 하면 저서 《자본론》으로 유명하지만 그는 자신의 자본 관리에는 엉망이었다.

학생 시절부터 돈에 무관심했던 마르크스는 집에서 상당히 많은 돈을 송금해 오는데도 불구하고 항상 궁핍했다. 다른 학생이 1년에 200탈라로 생활할 때 마르크스는 700탈라를 사용했다. 700탈라는 당시 어지간한 근로자의 연봉에 달하는 액수였다.

이렇게 돈 개념이 없었던 마르크스는 '공산당 선언' 후 망명한 이래 더욱 경제적 어려움을 겪었다. 의복을 저당 잡혔기 때문에 외출도 할 수 없을 정도였다고 한다. 필기도구조차 사지 못하고 있는 마르크스에게 친구 엥겔스는 몇 번이나 자금 지원을 했지만 그러면 마르크스는 바로 생활수준을 높이고 말았다.

마르크스는 43세 때 숙부로부터 3,000마르크를 상속받았는데 다음 달에 40마르크의 상속세를 낼 수 없다고, 엥겔스에게 울다시피 매달렸다. 또 46세 때 30,000마르크라는 거금의 유산이 굴러 들어왔지만 마르크스는 어이없게도 빚을 청산하는 것이 아니라 큰 집으로 이사를 한 후 또 가난하게 살아가는 것이다. 그리고 엥겔스에게 이런 편지를 썼다.

〈썩을 놈의 빚쟁이로부터 3번 째이자 최후의 통보를 받았다. 만약 월요일까지 지불하지 못하면 경매에 넘기겠다고 한다. 상황이 이러니 혹시 가능하다면 몇 파운드 송금해 줄 수 없겠나.〉

마르크스는 빚쟁이가 왔을 때 자신의 아이에게 '아버지는 없습니다' 라고 말하도록 시켰다고 한다. 세계 경제 때문에 머리가 복잡했겠지만 아버지로서 너무 심한 행동이다.

친구 엥겔스

마르크스에게 있어서 엥겔스는 공동 연구자이며 또 둘도

없는 친구였지만 타입은 정반대였던 것 같다. 키가 땅딸막하고 피부가 거무스름한 마르크스에 비해 엥겔스는 훤칠하게 키가 크고 흰 피부였다. 또 마르크스는 빚쟁이에게 쫓기면서도 필사적으로 가족을 부양하고 있었으나 엥겔스는 유복하게 독신 생활을 즐기고 있었다. 쓰는 글씨조차도 마르크스는 오자 투성이에다 지저분했지만 엥겔스의 필적은 아름다웠다. 그런데도 용케 친하게 지내고 있었다.

그들이 원만하게 지낼 수 있었던 것은 아마도 엥겔스가 결코 마르크스에게 대적하려 들지 않았기 때문일 것이다. 엥겔스는 마르크스에 대해 이렇게 말하고 있다.

"천재에게 어떻게 질투를 할 수 있겠는가? 천부적인 재능이라는 것은 아주 특별한 것이다."

마르크스는 엥겔스에게 지원을 받아도 특별한 고마움을 표시하지 않았다고 한다. 그리고 엥겔스는 마르크스의 재능에 마음 속 깊이 반해 있었다. 두 사람 사이에는 거의 비밀이 없었으며 심지어 마르크스는 자신의 성기에 커다란 부스럼이 생겼을 때도 상세하게 엥겔스에게 말해 주었다고 한다.

Johann Wolfgang von Goethe

요한 볼프강 폰 괴테 (1749년 8월~1832년 3월)

독일 프랑크푸르트 암 마인에서 태어났다. 라이프치히Leipzig 대학과 스트라스브르크 strasbourg 대학을 거쳐 변호사 자격을 땄다. 소설 〈젊은 베르테르의 슬픔〉으로 이름을 세상에 알렸으며 바이마르 궁정에 초청 받은 후 10년 남짓 정치가로 활약, 추밀원 고문관, 내각수반을 역임했다. 독일을 대표하는 시인이며 극작가, 화학자, 철학자, 정치가이다. 대표작으로 시극 〈파우스트〉가 있다.

Johann Wolfgang von Goethe

실연 때문에 자살을 생각하다

괴테는 연애에 정열적이었다. 변호사였던 23세의 괴테는 법관 브프의 집에 드나들고 있었다. 그는 그곳에서 브프의 딸 샤롯테를 사랑하게 되지만 샤롯테에게는 이미 약혼자가 있었다. 괴테의 사랑은 허무하게 끝나버렸고 이에 실망한 그는 자살을 생각했을 정도로 깊은 슬픔에 빠졌다.

그리고 괴테는 자신에게 비기는 주인공이 자살하는 작품을 썼다. 이것이 후세에까지 읽혀지고 있는 명작 〈젊은 베르테르의 슬픔〉이다. 인생의 괴로움을 작품으로 녹인 괴테는 〈젊은 베르테르의 슬픔〉을 씀으로서 자살 충동을 억제했다고 한다.

현대에 이르러 일본 과자제조기업으로 '롯데'가 등장했는데 창업자인 시게미츠 타케오重光武雄*가 〈젊은 베르테르의 슬픔〉의 열렬한 팬이어서 여주인공인 샤롯테의 일부를 따서 사용했다고 한다. 한때 사랑했던 사람의 이름이 언젠가 과자 회사의 이름이 되리라고는 괴테도 예상하지 못했을 것이다.

지치지 않는 사랑

실연의 아픔에서 벗어나는 가장 좋은 방법은 다음 연애를 하는 것이다. 괴테는 끊임없이 사랑을 하는 열정적인 남자였고 바람둥이 기질이 있기도 했다. 샤롯테에게 실연 당한 후 은행원의 딸 엘리자베스를 만났지만 오래 지속되지 못했고, 게르만 대사에게 초청 받았을 때는 슈타인 남작의 부인과 사랑에 빠지기도 했다.

그러다가 괴테는 오빠의 취직자리를 부탁하러 찾아온 크리스티아네 볼피우스와 사랑에 빠지게 되었고 그녀와 19년간 동거한 끝에 결혼했다. 그때 괴테는 이미 세계적인 대문호로 이름을 날리고 있었는데 그런 그가 보잘 것 없는 공장 직공과 로맨스를 벌이자 주위 사람들은 크게 놀랐으며 이는 당시 상류층에 커다란 스캔들로 입에 오르내렸다. 하지만 괴테는 이를 상관하지 않고 진심으로 그녀를 아꼈다.

---

*시게미츠 타케오는 롯데그룹 회장 신격호의 일본식 이름, 롯데는 일본에서 시작된 기업으로 한일국교 이후 한국에 들어왔다.

괴테는 동거 기간 중엔 크리스티아네를 제대로 사람들 앞에서 대접해 주지는 못했지만 결혼식을 올리며 정식으로 사교계에 등장시켰다. 하지만 그녀가 세련되어지기를 바라지는 않았다. 있는 그대로 인정해주려 노력했고 크리스티아네 또한 괴테를 존경하고 예술가로서의 삶을 전폭적으로 이해해 주었다.

크리스티아네는 50살이 되었을 때 병으로 세상을 먼저 떠났으며 괴테는 그때 무척이나 슬퍼했다고 한다.

하지만 괴테는 놀랍게도 70세가 넘어서 새로운 사랑에 빠진다. 게다가 상대는 17세의 울리케Ulrike이니 나이 차가 반세기 이상이다. 괴테는 결혼까지 생각했으나 울리케의 어머니에게 거절당했고 그때의 사연을 쓴 것이 〈마리엔버드Marienbard의 비가〉다.

공무를 팽개쳐두고 여행을

괴테는 37세 때 바이마르 공국에서 추밀원 장관이라는 지위에 올랐다. 이 직책은 현재 총리급에 해당되는 상당히 높은 자리다. 그런데 괴테는 공무를 내팽개쳐두고 이탈리아 여행에 나섰다. 공식적인 휴가도 아닌데 주위 사람들에게 제대로 알리지도 않고 야반도주하는 것처럼 도망친 것이다.

2년 동안 괴테는 이탈리아에서 자유로운 생활을 만끽했다. 연애를 하고 여행도 하며 시도 썼다. 그리고 다시 바이마르로 돌아와 직무에 충실했다고 한다. 진정으로 재충전을 한 휴가였지만 내 상사가 이런 휴가를 떠나면 정말이지 싫을 것 같다.

자유분방한 식생활

괴테는 만년에 여러 가지 병에 시달렸다. 정신적인 우울증도 있었고 60세 때는 관절염과 요도 결석에 걸리는데 원인은 아무래도 폭음과 폭식에 있었던 것 같다.

괴테는 특히 와인을 좋아해서 하루에 2리터에서 3리터까지 마셨다고 한다. 60세에서 70세에 걸쳐서는 더 술을 많이 마셔 정신없이 취해 있었다. 또 대단한 식도락가였던 그는 고기 요리나 단 과자를 아주 좋아했다고 한다.

그의 책을 보면 '잘못된 생활을 하는 인간은 자연히 일찍 파괴된다' 라는 말이 있다. 하지만 괴테 자신은 맛있는 것을 실컷 먹고 술독에 빠지는 자유분방한 생활을 만끽했다.

건강 염려증

먹을 만큼 먹고, 마실 만큼 마시던 괴테가 건강에 유의하지 않았는가 하면 절대 그렇지 않다. 오히려 식사나 음주를 제외하면 건강 염려증이라 해도 좋을 만큼 신경을 썼다. 특히 온천을 좋아해서 13년이 넘는 4,765일 동안을 온천지에 머물었다고 한다. 거기서 광천수를 마시는 것이 괴테의 중요한 일과였다.

또 담배는 '인간을 어리석게 하며 사고력과 시작詩作력을 빼앗는다' 라며 싫어하였고 그 해악에 대해 이런 식으로도 말하고 있다.

'흡연은 공기를 해치고 성실한 사람들을 질식시킨다. 담배를 피우는 놈의 방에 들어가 구토가 나지 않는 인간이 있겠는가? 그런 방에 오래 있으면 빈사 상태에 빠지고 말 것이다.'

자신이 피우지 않는다고 해서 심하게 깎아 내린다. 금연 바람이 부는 현대에 있었다면 혐연파嫌煙派로 소리 높여 외쳤을 것이다.

괴테는 74세가 되던 해 심근경색에 걸렸다. 그때 죽음을 의식한 괴테는 의사에게 이렇게 말했다.

"자네들, 자네들 마음대로 솜씨를 발휘해 보게. 하지만 내가 자네들 도움을 받을 것 같은가!"

그리고 이렇게도 말했다고 한다.

"자네들은 나를 치료하는 걸 너무 겁먹고 있어. 그리고 나를 지나치게 위로하는 거 아닌가? 나 같은 환자가 눈앞에 있으면 약간은 나폴레옹처럼 치료하게."

느닷없이 나폴레옹처럼 일을 하라고 해서 의사는 곤혹스러웠을 것이다. 그리고 광천수를 말리는 의사에게는 이렇게 화를 냈다.

"나는 '내 자신의 죽음'으로 죽을 작정이다. 자네들이 죽음을 강요하는 것은 딱 질색이야. 결국 죽어야 한다면 나는 내 방식으로 죽을 것이다!"

참으로 까다로운 환자다. 그러나 괴테는 죽음의 위기를 훌륭하게 극복했다. 그리고 17세의 울리케와 사랑에 빠지니 참으로 건강 그 자체다. 그녀와의 결혼은 성사되지 않았지만 그때 괴테는 의사에게 이렇게 물었다.

"지금 내 나이에 결혼을 하면 몸에 해로운가?"

그 질문에 의사는 그저 웃어 보였다고 한다.

Alfred

Joseph

Hitchcock

▌알프레드 히치콕 ^(1899년 8월~1980년 4월)

영국 런던에서 태어났다. 대학 중퇴 후, 케이블 제조 회사에서 일했고, 백화점의 광고 디자이너 어시스턴트, 영화회사의 자막 디자이너를 거쳐 영화감독이 된다. 〈39야〉〈칼칸 초특급〉등의 서스펜스 영화를 발표했고 그 후, 할리우드에 데뷔하여 〈레베카〉〈이창〉〈사이코〉등으로 아카데미 감독상 후보에 올랐지만 수상은 하지 못했다. '서스펜스의 신'이라고도 일컬어진다.

Alfred Joseph Hitchcock

경찰이 무서워 운전도 하지 못했다

서스펜스의 거장으로 이름을 떨친 히치콕. 그가 그런 작품만 찍는 것에는 다 이유가 있었다.

히치콕은 다섯 살 때 아버지의 심부름을 하게 되었다.

"경찰서장에게 이 쪽지를 갖다드리고 오너라."

어린 히치콕은 아버지가 시키는 대로 조그만 종이쪽지를 서장에게 건네주었다. 그런데 무엇을 착각했는지 그 서장은 히치콕을 유치장에 넣고 열쇠를 채워버렸다.

5분 정도 지난 후 서장은 문을 열어주며 이렇게 말했다고 한다.

"나쁜 짓을 하면 이렇게 되는 거다."

심부름 온 소년에게 상당히 심한 말을 했다. 히치콕은 이때의 '찰칵' 하는 차가운 열쇠 소리를 잊을 수 없었고 그 이후 이상하게 경찰을 두려워하게 되었다고 한다. 어른이 된 후에는 어지간해서는 직접 운전하지 않았다. 운전하고 있으면 경찰이 말을 걸어올 확률이 컸고 그 상황이 견딜 수 없었던 것이다.

그리고 이 다섯 살 때의 공포가 후에 서스펜스 영화를 만드는데 밑바탕이 되었다. 억울한 죄를 뒤집어쓰고 경찰에 쫓기는 장면이 히치콕의 영화 〈18번〉에서 나왔으며 또 〈북북서로 진로를 돌려라〉에서는 다량의 술을 마시게 한 후 운전을 시키는 장면이 있다. 이것은 경찰에 대한 스트레스를 발산시키기 위한 것이라는 견해도 있다.

공 포 의 맛 을 보 다

히치콕은 가톨릭 전통이 강한 성 이그나티오스 기숙학교에 다녔다. 이그나티오스 학교는 교칙이 무척 엄했고 교칙을 어기면 용서 없이 교사나 선배에게 체벌을 받아야 했다.

"세 번이다."

체벌 전에 때릴 횟수를 말해주고 나서 채찍으로 손을 찰싹 때렸다. 이것만으로도 충분히 무서운데 징벌 받는 시간을 학생 자신이 정한다는 시스템은 그 공포를 증폭시켰다. 히치콕은 당시의 일을 이렇게 회고한다.

"이른 아침이든 점심때든 오후든 밤이든 체벌 받는 것은 상관없었다. 소년이었던 내가 가장 무서웠던 것은 그 시간을 스스로 정해야 한다는 것이었다."

대부분의 학생은 체벌을 뒤로 미뤘지만 그것이 오히려 불안을 부추기고 공포를 증가시켰다고 한다. 어린 나이에 공포감을 알게 된 히치콕은 훗날 그 경험을 영화에 활용했다. 가슴 아팠던 기억을 서스펜스 드라마에 접목시킨 것이다.

끈질긴 질문

히치콕은 항상 어떻게 하면 관객을 두렵게 할까, 조마조마하게 할까 라는 것을 생각하고 영화를 찍었다. 그는 감정의 흔들림을 염두하며 영화를 만드는데 관객은 한 신 한 신마다 어떻게든 '의미'를 찾고 싶어 했다.

히치콕의 손녀인 메리도 그랬다.

할아버지를 아주 좋아했던 메리는 대학에서 영화 강의를 들을 정도로 영화에 관심이 많았다. 그리고 히치콕의 영화를 보며 질문을 해댔다.

"할아버지, 왜 이 신을 촬영한 거죠? 뭔가 숨은 의미가 있는 건가요?"

주제를 요구하는 메리에게 히치콕은 이렇게 대답했다.

"아니 그렇지 않아, 스토리가 그 신을 필요로 하고 있단다."

그렇다, 영화 장면에 고상한 테마나 동기가 없는 것은 아니겠지만 히치콕은 그것보다 한 장면, 한 장면에서 감정에 호소하는 것을 중시했다. 그런데 대학에서 지식을 주입하고 온 메리는 끈질기게 의미를 물었다. 히치콕은 더는 못 참고 울화통을 터트렸다.

"너는 왜 나를 무시하러 왔다는 말을 하지 않았냐?"

히치콕은 결국 화를 내고 말았다. 귀여운 손녀라도 자신의 영화에 핵심을 찌르는 질문을 하는 것은 견딜 수 없었던 것이다.

Friedrich
Wilhelm
Nietzsche

프리드리히 빌헬름 니체 (1844년 10월~1900년 8월)

독일 작센Sachsen 지방에서 태어났다. 명문인 프로르타 학원을 모범적인 성적으로 졸업하고 본 대학과 라이프치히 대학을 거쳐 25세 때 바셀 대학에서 고전 문헌학 교수가 된다. 건강이 나빠져 대학을 사직한 후에는 집필 활동에 전념했다. 저작으로 〈반시대적 고찰〉〈차라투스트라는 이렇게 말한다〉 등이 있는데 생전에는 거의 평가를 받지 못했다. 작곡가 바그너와 깊은 친교가 있었다.

Friedrich Wilhelm Nietzsche

친 구 가 없 는 작 은 목 사

니체는 초등학교 때부터 범상치 않았다.

반 친구들이 떠들썩하게 교실을 뛰어다니며 노느라 정신
이 없을 때 니체는 예의 바르고 품위 있게 행동했다. 또 찬
송가를 잘 부르고 성서 내용을 곧잘 알았기 때문에 '조그만
목사님' 이라는 별명으로 불렸다고 한다.

소년 니체의 예의범절이 얼마나 깍듯했는지 말해주는 사
건이 있다.

갑자기 큰 비가 내렸다. 다른 남자아이들은 후다닥 뛰어
서 집으로 향하는데 니체는 조그만 손수건을 머리에 얹고
흠뻑 젖으면서 천천히 걷고 있었다. 그 모습을 멀리서 본 어
머니가 '빨리 뛰거라!' 하고 신호를 보내지만 걸음은 달라
지지 않았다. 나중에 어머니가 꾸짖자 니체는 진지한 얼굴
로 이렇게 대답했다.

"어머니, 교칙에는 이렇게 나와 있습니다. 학생은 하교시에 뛰지 말고 천천히 예절 바르게 집으로 돌아가야 한다고요."

인 간 관 계 를   돈 으 로

니체는 자기 자신이 '다른 사람과 다른 것이 아닐까' 하고 생각하며 고독감에 시달릴 때가 많았다. 때문에 니체는 다른 사람과 친해지는 것에 조금 집착했고 인간관계를 돈으로 해결하려는 경향이 있었다. 친구 도이센이 니체에게 50프랑을 빌리고 싶다고 말하자 그것을 쾌히 승낙했을 뿐만 아니라

"100프랑을 가져가는 건 어때?"

하고 열심히 말했다고 한다. 뿐만 아니라 니체는 별로 알지 못하는 사람에게도 돈을 빌려주는 경우가 많았고 대부분은 돌려받지 못했다.

고독했던 니체는 이런 방법을 동원해서까지 친구를 만들고 싶었던 것 같다.

아 이 러 니 한   ' 그 럴 까 '

니체는 천재답게 25세에 고전 문헌학 교수가 된다. 교수

로서의 니체는 엄격하기로 유명했다. 예습을 해오지 않는 학생은 차가운 태도로 대했으며 학생이 질문을 해도 도움을 주는 일 없이 빈정대는 듯한 말투로 말했다.

"그럴까?"

이러한 니체의 행동은 학생으로서 정말 견디기 어려운 일이었고, 대부분의 학생은 니체에게 오로지 '좋아'라는 한마디 말을 듣기 위해 정확히 예습을 해갔다고 한다.

니체는 철학 강의를 담당하기를 바랐지만 이루지 못하고 두통 등 건강상의 문제로 인해 10년 만에 대학을 떠났다.

죽을 때까지 이해하는 사람이 없어

1889년, 니체는 트리노Torino의 광장에서 발광한다. 그로부터 10년이 지나도 정상으로 돌아오지 못했고 1900년에 46세의 생애를 마쳤다.

니체는 병원에 입원하기 직전에 작곡가 바그너의 미망인, 코지마 바그너에게 다음과 같은 내용의 편지를 보냈다.

〈내가 인간이라는 것은 편견입니다. 나는 인간이 경험할 수 있는 모든 것을 하찮은 것부터 최고까지 다 알고 있습니다. 나는 인도에서는 불타였고, 그리스에서는 디오니소스

Dionysos(그리스 신화의 술의 신)였습니다. 알렉산더와 시저는 나의 화신입니다. 최후에는 볼테르와 나폴레옹이기도 했습니다. 어쩌면 리하르트 바그너였는지도 모릅니다. 나는 십자가에도 걸린 적이 있습니다.〉

니체가 쓴 책은 생전에 거의 팔리지 않았고 그 사상을 이해하는 사람이 거의 없었다.

Gioacchino
Antonio
Rossini

▌조아키노 안토니오 로시니 (1792년 2월~1868년 11월)

이탈리아의 페자로에서 태어났다. 여덟 살에 볼로냐Bologna 음악학교에 입학했고 10대 후반 부터 오페라 작곡가로 활동을 시작하여 〈세빌리아Seville의 이발사〉로 유명해졌다. 평생 동안 30편의 가극을 발표했고 37세 때에 가극 〈윌리엄 텔〉을 발표하며 은퇴했다. 은퇴 후에는 요리의 길로 방향을 전환하였다.

Gioacchino Antonio Rossini

장난도 용서받은 미소년

로시니는 어렸을 때 감당할 수 없을 정도로 장난꾸러기였다. 교회에 가면 성물을 파괴하고 마음에 들지 않은 친구에게는 돌을 던져 상처를 입혔다. 이처럼 제멋대로 행동하는 로시니 때문에 양친은 몹시 애를 먹었다.

버릇을 고쳐볼까 싶어 대장간에 고용살이로 보내봤지만 거기서도 마찬가지였다. 정육점에 맡겨도 효과가 없었다. 참다못한 아버지는 이렇게 말했다고 한다.

"로시니를 고깃집으로 보내 거세해 달라고 하자."

다행히도 어머니가 필사적으로 반대해 로시니는 겨우 거세를 면하게 되었다.

로시니가 말썽꾸러기였던 것은 주위 어른들의 영향도 컸다. 심한 장난을 쳐도 로시니의 고운 얼굴을 보면 어른들이 그만 용서를 해버리고 말았던 것이다.

그렇다고 해도 언제까지 그렇게 둘 수는 없었다. 어느 날, 어머니는 아들에게 생활태도를 고쳐줄 것을 간곡하게 부탁했다. 겨우 어머니의 생각이 전해졌는지 아니면 아버지의 거세 이야기를 듣고 위축되었는지 로시니는 차츰 행동을 고치게 되었다.

로시니는 고운 얼굴 덕에 평생 동안 인기가 있었으며 여성으로부터 작곡을 부탁 받는 일이 많았다.

오페라를 귀로 복사하다

로시니의 천재다움을 나타내는 일화가 있다.

열세 살 때의 일이었다. 여성과 함께 오페라를 감상하러 갔는데 그녀가 그 공연의 악보를 갖고 싶다고 말했다. 로시니는 악보를 옮겨 베끼는 집에 부탁해서 가져다주려고 했지만 악보상에서 거절당했다. 그래서 오페라 개최자인 몽펠리에게 직접 부탁했지만 그것도 거절당했다.

화가 난 로시니는 이렇게 말했다.

"됐습니다. 오늘 밤 다시 한 번 오페라를 보고 기억해서 좋아하는 부분부터 쓰겠습니다. 완성되면 보여드리지요."

건방지지만 허풍쟁이는 아니었던 로시니는 오페라의 전부를 피아노 반주곡으로 옮겼다.

그것을 본 몽펠리는 눈앞의 소년이 썼다고는 도저히 믿을
수가 없었다.

"악보를 베끼는 집에서 배신한 게 틀림없다."

그렇게 화내는 몽펠리를 향해 로시니는 이렇게 말했다.

"만약 믿지 못하신다면 오페라를 앞으로 두 번 듣고 당신
눈앞에서 오케스트라의 파트를 써 보이겠습니다."

몽펠리도 이렇게까지 말하는 데 믿을 수밖에 없었을 것이
다. 그 후, 몽펠리는 로시니의 재능을 높이 평가하게 되었고
두 사람은 친해지게 되었다.

재능도 있고, 용모도 탁월한 로시니는 신에게 선택받은
천재였던 것이다.

은퇴 후에는 미식가로

로시니는 37세가 되던 해 음악가로서의 인생을 끝냈다. 〈
윌리엄 텔〉을 마지막으로 오페라의 붓을 꺾어 버린 것이다.
그러면 그 이후에는 무엇을 하고 살았을까?

로시니는 '미식가'로 변신했다. 그때까지 40편 가까운 오
페라를 작곡했으니 돈도 충분했고 원래 걸신들린 듯한 식탐
을 가졌던 로시니는 호화로운 식도락 삼매경의 나날을 보내
기에 부족함이 없었다.

로시니의 식탐에 관한 몇 가지 일화가 있다.

어느 날 그는 대단한 부잣집으로부터 식사 초대를 받았다. 틀림없이 호화로운 음식이 나올 거라고 생각한 로시니는 기쁜 마음으로 초대에 응했다. 그런데 막상 나온 음식은 로시니의 기대에 미치지 못하는 것이었다. 보기만 해도 슬퍼지는 검소한 음식이었던 것이다. 로시니는 낙심하고 어깨를 떨구었다.

"또 식사하러 오세요."

이렇게 말하며 현관까지 배웅하는 부인에게 로시니는 무심코 이런 대답을 하고 만다.

"지금이라도 괜찮은데요."

방금 먹고 나왔지만 벌써 부족했던 것이다.

또 파스타 가게에서 이런 일도 있었다.

로시니는 파리에 살고 있었는데 나폴리 파스타를 구하지 못해 몹시 안타까워했다. 그러던 차에 이탈리아인이 경영하는 파스타 가게에 나폴리 산 마카로니가 있다는 정보를 입수했다. 물론 곧장 달려갔다. 가게 주인으로부터 대망의 나폴리 산 마카로니를 건네받은 로시니. 그런데 표정이 갑자기 어두워졌다.

그리고 외쳤다.

"이게 나폴리 산이라고? 이건 제네바 산 마카로니잖아!"

이 말에 가게 주인도 깜짝 놀랐다. 로시니의 음식 재료에 대한 감식능력은 작곡에서 보였던 재능 이상이었던 것이다.

뚱뚱해서 자기 다리가 보이지 않아

로시니는 만년에 완전히 뚱보가 되어버렸다. 그의 지인이 〈자신의 다리를 6년 전부터 보지 못했다〉는 글을 쓸 정도이니 비만 정도가 무척 심각했다.

음식을 좋아하는 로시니는 스스로 요리를 하기도 했다. 로시니가 만든 요리는 기름기가 있는데다 짜고 조리 과정이 복잡했다고 한다. 로시니의 이름을 딴 요리도 있는데. 바로 '투르느드 로시니(tournedos Rossini :소의 필레(연한 허리 살) 살의 가운데 부분을 사용한 스테이크)'란 프랑스 요리이며 기름기 있는 스테이크다.

먹는 것을 기름지게 먹으면 운동이라도 해야 하건만 로시니는 게을렀다.

작곡가 시절에는 항상 침대에 엎드려서 악보를 썼으며 악보를 바닥에 떨어뜨리면 "제기랄, 귀찮아 죽겠네"하며 엎드린 채 새 오선지를 꺼냈다고 한다. 게으른데다가 먹을 것에 집착하니 뚱뚱해질 수밖에 없었다.

로시니는 만년에 과도의 비만과 부정맥, 중풍 발작에 시달리다 결국 뇌졸중으로 쓰러졌다. 심장 수술을 받아도 좋아지지 않았고 76세에 생을 마감했다.

Sigmund Freud

지그문트 프로이트 (1856년 5월~1939년 9월)

오스트리아 제국의 프라이베르크Freiberg에서 태어났다. 김나지움 학교를 졸업한 후, 빈 대학 의학부에 입학했다. 생리학 연구소에 들어가 학위를 취득한 후, 빈 종합병원에 근무했으며 빈 대학에서 신경 병리학 강사 등을 거쳐 정신과 의사가 되었다. 빈에서 개업의로 근무하는 한편 연구를 하여 인간의 무의식에 주목한 정신 분석을 창시. 정신의학의 원조라 일컬어진다.

Sigmund Freud

편 애 받 는 우 등 생

프로이트는 부유한 집안에 장남으로 태어났으며 그가 태어났을 때 어느 노파가 프로이트의 어머니에게 이렇게 말했다고 한다.

"큰 인물이 나셨다."

양친은 무척 기뻤는지 어린 프로이트에게 이 이야기를 몇 번이나 들려주었다.

또 어느 레스토랑에서는 시인이 프로이트를 보고

"이 도련님은 언젠가 크게 되실 겁니다."

라고 단언해 양친은 내 자식이 천재일지도 모른다고 생각하고 프로이트를 무척 사랑했다. 얼마나 사랑스러웠는지 가계가 어려워졌을 때도 프로이트만은 개인 방을 줄 정도였다. 다른 여섯 형제와 양친은 3개의 침실을 나누어 쓰고 있는데 말이다. 프로이트는 거기서 공부했고 때로는 식사를 침실로 가져오게 하는 경우도 있었다.

그런 특별한 배려를 받으며 공부만 하던 프로이트는 7년 동안 반에서 수석을 차지했다. 성적이 우수해서 수업 중 교사의 질문도 면제되었다고 하니 프로이트는 학교에서도 집에서도 특별대우를 받고 있었던 것이다.

친구에게 코카인을 권하다

프로이트는 1884년에 약혼자 마르타 베이너스에게 이런 편지를 보냈다.

〈최근, 코카인의 작용에 흥미를 가지고 있다. 코카인은 아직 거의 알려지지 않은 약인데 한 독일 군의관이 군인의 육체적 내구력을 강화하기 위해 예전부터 사용했다고 한다.〉

여기서 말하는 코카인이란 바로 마약 코카인이다. 프로이트는 '코카인이 통증이나 울증, 무기력을 방지하는 만능 약이다'라고 믿고 약혼자 마르타에게 복용을 권할 뿐만 아니라 자신도 복용했다. 마르타 앞으로 보낸 편지에는 이런 말도 있었다.

〈당신은 코카인을 복용한 남자가 얼마나 강하고 늠름한지 알겠지.〉

완전히 비아그라 대신이다. 프로이트는 코카인이 성적 기능을 높이고 쾌락과 흥미를 가져다준다고 생각하고 있었다.

프로이트는 코카인의 힘으로 친한 친구였던 생리학자 마르호프를 구하고 싶다고 생각했다. 손에 생긴 종양에 시달리고 있던 마르호프는 모르핀을 진통제로 사용했고 자신도 모르는 사이에 모르핀에 중독되어 있었다. '마르호프의 통증만 가볍게 할 수 있다면!' 이렇게 생각한 프로이트는 그에게 코카인을 투여했다. 친구도 코카인을 구명줄이라고 여기며 매일 대량으로 복용했다.

그런데 몇 년 후에 코카인 부작용이 여기저기서 터졌다. 당연히 프로이트는 평판이 떨어졌고 코카인을 대량으로 투여한 친구 마르호프도 통증이 심해졌을 뿐만 아니라 모르핀 중독에서 코카인 중독이 되었다.

적으로 만들고 싶지 않은 타입

어느 날, 프로이트의 아내 앞으로 올 소포가 빈의 미국 구원협회로 배달되었다. 그것을 아들 올리버가 대신 받으러 갔는데 위임장이 있음에도 불구하고 본인이 아니란 이유로 받지 못하고 그냥 돌아왔다. 올리버는 3시간 30분이나 서서 기다렸지만 허탕을 쳤고 이 일은 프로이트를 몹시 화나게 만들었다. 프로이트는 미국 구원협회에 강력히 항의했고 마지막에는 이런 위협까지 했다.

"나는 미국에 약간 이름이 알려진 인간입니다. 미국 국민에게 당신네들이 얼마나 부적절한 행동을 하고 있는가를 널리 호소할 생각이니 그렇게 알고 계시오."

어지간히 화가 났던 모양이다.

그 말을 들은 구원협회 소속의 바란드란 사람은 자원해서 프로이트의 집까지 그 소포를 가지고 갔다. 바란드는 대학에서 프로이트의 저작을 공부하고 있어 그를 알았기 때문이다.

보통이라면 여기서 화를 접고 차라도 한 잔 대접할 만한데 프로이트의 분노는 가라앉지 않았던 모양이다. 바란드는 독일어가 유창해 프로이트와 대화할 수 있었는데도 프로이트는 그에게 이렇게 말했다.

"용건은 올리버에게 영어로 말해 주십시오."

일부러 아들에게 통역을 시켜 직접 말을 섞는 것을 거부한 것이다. 한 번 마음이 상하면 좀처럼 풀지 않는 프로이트. 절대 적으로 만들고 싶지 않은 타입이다.

Charles
Robert
Darwin

찰스 로버트 다윈 <small>(1809년 2월~1882년 4월)</small>

영국의 유복한 의사 집안에서 태어났다. 의사가 되기 위해 에든버러 대학에 입학하지만 곧 중퇴하고 캠브리지 대학에 다시 들어가 신학을 공부했다. 그런데 다윈은 그곳에서 식물학 교수 존 헨즐로의 권유로 해군의 측량선 비글호에 박물학자로 승선하게 되었고, 5년 동안 세계일주 여행에 참가했다. 귀국 후 〈다윈의 진화론〉이라고 하는 〈종의 기원〉을 발표. 캠 브리지 대학에서 명예박사 학위를 받았다.

쥐를 잡는 것 외에는 아무것도 하지 않았다

다윈은 어린 시절 주위 사람들로부터 '여동생보다 기억력이 나쁘다'는 말을 들었고 초등학교 때 교장 선생님에게서는 '게으름뱅이'라는 평을 들을 정도로 열등생이었다.

다윈이 공부 말고 열심히 하는 것은 따로 있었다. 바로 형이 조수로 있던 실험실의 화학 실험에 참가하는 것으로 학교 친구들에게 '가스'라는 별명으로 불릴 만큼 열정적으로 임했다. 또 수집에도 열심이어서 조개, 곤충, 식물, 껍질, 봉투, 실, 화폐, 잔돌 등을 닥치는 대로 모았다. 이 수집벽은 훗날 〈진화론〉을 발표하는데 중요한 밑바탕이 되는데 부모가 보기에는 잡동사니 수집에 불가했다.

그런 다윈을 보다 못한 아버지는 어느 날, 이렇게 꾸짖었다.

"너는 하는 일이란 게 고작 쥐를 잡는다거나 잡동사니를 모으고 강아지 돌보는 일밖에 없구나. 그런 짓만 하면 너 자신뿐만 아니라 집안의 망신거리가 돼!"

하지만 아버지의 호통에도 불구하고 다윈은 죽는 그 순간까지 수집을 멈추지 않았다.

해부 실습에서 도망치다

다윈은 고등학교를 졸업할 때까지 특별히 잘하는 것 없는 지극히 평범한 학생이었다. 의사였던 부친은 '하다못해 자신의 후계자'로 삼을 양으로 에든버러 의과 대학에 진학시킨다. 그러나 다윈은 의대 강의가 너무 따분했다. 그가 여동생에게 보낸 편지를 보면 수업을 얼마나 싫어했는지 알 수 있다.

〈닥터 던컨은 지식과 지혜는 많지만 센스가 전혀 없다. 지금 던컨의 약물학 강의를 듣고 있는데 이 강의라는 것이 참으로 어리석게 느껴져 어떻게 말해야 좋을지 모를 정도야.〉

다윈이 싫어했던 것은 강의뿐만이 아니었다. 해부학 실습에서는 사체를 똑바로 볼 수 없었고 수술 견학은 두 번이나 도망쳐 나왔다. 당시의 외과 수술은 마취 기술이 없었다. 때문에 환자는 울부짖으며 몸부림쳤고 본래 마음이 약했던 다윈은 그 모습을 보고 있을 수 없었던 것이다.

또 이때 다윈은 아버지가 자신이 평생을 지내는데 충분한 유산을 남기려 하고 있다는 것을 우연히 알게 되었다. 그 사실을 알고 완전히 의사가 될 마음을 잃어버린 다윈은 수업을 거부하고 혼자 박물관에 가서 소장 표본을 손에 들고 박물학에 대해 공부를 하곤 했다.

투구벌레를 쫓아다니는 대학생

아들이 의사감이 아니라는 것을 안 아버지는 다윈을 목사로 만들려고 캠브리지 대학 신학부에 입학시켰다. 하지만 자식이 부모의 기대대로 움직이지 않는 것은 어느 시대나 마찬가지인 모양이다. 다윈이 캠브리지 대학에서 열을 올린 것은 공부가 아니라 수집이었다.

'캠브리지에서 가장 열심히 했던 것은 투구벌레 수집이었다'라고 회상하는 다윈은 투구벌레를 모으는데 전력을 다했다.

대학생이 투구벌레를 쫓아다니는 모습을 상상해보면 꽤 재미있다. 어릴 적부터 좋아하던 수집을 청년이 되어서도 계속한 것인데 다윈은 노인이 되었을 때도 진귀한 곤충을 잡은 장소나 나무 등은 정확히 기억하고 있었다고 한다.

죽는 것은 전혀 두렵지 않다

수업을 마구 빼먹으며 학업을 게을리했던 다윈이지만 연구자로서 활동한 이래로는 죽는 순간까지 연구하는 손을 쉬지 않았다.

그는 열심히 연구한 결과를 〈종의 기원〉에 담았으며 책을 출간한 이후에는 학자들과 독자들에게 책을 알리려 애썼다. 새 학설에 대한 열의가 대단해 저서를 여기저기 학자에게 돌린 것은 물론이고 한 사람, 한 사람에게 일일이 다른 편지를 보냈다. 또 다윈에게 돌아온 편지나 비평에 대해서도 정중하게 답장을 보냈으니 대단한 정성이다.

다윈은 죽음이 다가왔을 때 이렇게 말했다.

"죽는 것은 조금도 두렵지 않다."

평생 동안 여러 생물을 보며 탄생과 죽음을 자연스럽게 받아들이고, 원 없이 연구에 전념했기 때문에 이런 말을 할 수 있었을 것이다.

Thomas Alva Edison *Wolfgang Amadeus Mozart* 백남준 *Vincent van Gogh* 岡本太郎 *Ludwig van Beethoven* *Pablo Ruiz Picasso* *Pythagoras* *Albert Einstein* *Jean-Jacques Rousseau* 一休宗純 *Leonardo da Vinci* *Socrates* *Immanuel Kant* *Michelangelo-Buonarroti* *Alfred Bernhard Nobel* *Salvador Dali* 천상병 *Diogenes* *Isaac Newton* *Charles Spencer Chaplin* *Karl Heinrich Marx* *Johann Wolfgang von Goethe* *Alfred Joseph Hitchcock* *Friedrich Wilhelm Nietzsche* *Gioacchino Antonio Rossini* *Sigmund Freud* *Charles Robert Darwin*

국립중앙도서관 출판시도서목록(CIP)
터무니없는 위인전 / 야마구치 사토시 지음 ; 홍영의 옮김. -- 서울
: 다밋, 2009
    p. ;   cm
원표제: トンデモ偉人伝
일본어 원작을 한국어로 번역
ISBN 978-89-93019-04-9 03810 : \9,500
위인전[偉人傳]
990-KDC4
920-DDC21   CIP2009000027

터무니없는 위인전

펴낸날 | 2009년 1월 28일 • 1판 1쇄

지은이 | 야마구치 사토시

옮긴이 | 홍영의

펴낸이 | 전민상

편집주간 | 김소양

편집 | 이윤희, 김소영

그림 | 이종훈

펴낸곳 | 도서출판 다밋 • 전화 | 02-566-3410 • 팩스 | 02-566-1164

주소 | 서울시 강남구 역삼동 837-17 삼성애니텔 1001호

이메일 | wrigle@hanmail.net

출판등록 | 2005년 6월 22일

ⓒ 도서출판 다밋 2009

Printed in Seoul, Korea

ISBN 978-89-93019- 04-9   03810